本命是
推しは
α
NOVEL
夜光花
ILLUST
みずかねりょう
Oshi ha Alpha.
Hana Yakou
presents
Illustration by
Ryou Mizukane
譯者：艾芮卡

CONTENTS

1 漫長的一天

櫃檯的業務，對鈴木佑真來說是最不擅長的工作。

「所以，我就想說下個月左右去夏威夷玩。畢竟我只能在安定期的現在四處跑吧？而且我也想製造我們兩個人的回憶嘛！是吧？」

這位坐在佑真面前膚色白皙的女子，正興致高昂的與她身旁座位戴著黑框眼鏡的男性說話。他們是結婚第一年的新婚夫妻，兩人之間充滿粉紅泡泡，看都不看佑真一眼。

「這不是我們兩人的回憶吧？妳的肚子裡已經有我們的小孩，所以是三個人的回憶，對吧！我們要拍很多照片跟影片，等小孩生下來之後也要給他看！」

「討厭～小拓，人家最喜歡你了啦！」

這對新婚夫妻一邊打情罵俏，一邊翻著夏威夷的簡章說著話。這裡是Worldwide旅行社的池袋西口分店。距離車站走路一分鐘的辦事處，承辦國內外的旅遊業務。辦事處一樓設有諮詢櫃檯，共有三名職員協助顧客的旅行事宜。

坐在櫃檯最旁邊的佑真，來到他面前的是看起來大約二十幾歲的新婚夫妻。他們從剛才就一直牽著手說話，彷彿在說他們一刻也不想分開。膚色白皙的女性似乎懷孕了，身上穿著孕婦裝。

（孕婦……!!恭喜！）

一面在心中為這位女性拍手，佑真一面擺出認真的表情。

「──兩位貴賓，請問你們是否瞭解懷孕時旅遊的風險呢？」

對著談論得很熱烈的新婚夫妻，佑真沉穩地開口說道。笑得很開心的孕婦總算看向了他。

「飛機是很狹小的空間。繫上安全帶之後，伴隨而來的是壓迫感及不舒服，如果要去夏威夷，那就是有七到九小時會在空中。萬一這段期間發生了什麼事，會屬於是自己的責任。就算平安到達，拖著沉重的身體觀光也很辛苦。不熟悉的地方、不熟悉的語言，因為壓力而帶給胎兒的影響是無法預測的。還有，若是在海外生產，將會產生天價的醫療費。兩位有設想過這類的費用嗎？如果生下早產兒，會需要在當地的醫療機關就醫，最糟糕的情況下，很有可能收到上千萬圓的請款。」

佑真口條清晰的說明。

原本開開心心的新婚夫婦突然變得沉重，臉上露出悲痛的神情。

「上、上千萬……？」

灰暗的氣氛似乎也擴散至周圍。正在隔壁座位接待顧客的前輩、丸井，不動聲色的看向了這邊。

「這是假設情況最嚴重的金額，但並非沒有可能性。如果聽完以上的說明二位還是想去夏威夷的話，我也會竭力為二位服務。」

佑真來回看著新婚夫婦的臉，一臉笑容的說道。而與他的笑容相反，孕婦則是表情抽搐的搖晃著椅子。

「不……我想還是打消這念頭……吧……」

「是、是啊！我們等小孩出生之後再去旅行吧……」

戴著黑框眼鏡的先生也乾笑著站起身。兩人帶著驚呆的表情，一邊點頭示意一邊離開。

「鈴木……！」

正準備叫下一組客人的佑真，肩膀突然被一支骨節突起的手指用力按住。他膽顫心驚的回過頭，表情嚇人的課長正站在他背後。注意到課長的太陽穴正啵啵啵的跳動著，佑真冒著冷汗心想死定了。

「你給我過來一下。」

被課長用下巴示著意，佑真垂頭喪氣的跟在他身後。就如他預想自己會被罵，一回到後場，立刻就一句「你那是什麼服務態度！」向他吼來。辦事處後臺排放著樸素的辦公桌，有五名社員正在進行文書作業。屏風的對面是茶水間，女性社員們正興致勃勃的偷看這裡。

「你說得這麼直白是想怎樣！就算國外旅行很危險，也可以建議他們國內旅遊，有很多方法吧！我們的工作是協助客戶的旅遊！不要因為自己的意見就隨便阻止客戶的旅遊計畫！你以為你是誰啊！」

佑真在其他處理文書作業的社員面前，被課長口沫橫飛的痛罵著。在這個九月中旬的時期，這是本月第幾次被罵了呢？佑真在腦中算著次數。在這間大型旅行社工作四年，他幾乎沒有被稱讚的記憶，但卻有許多被怒罵的記憶。

「你聽好，鈴木。我也不是討厭你才罵你的啊！說起來，你連不必說的缺點都說太多了。回答被問到的事是很理所當然，但你沒有義務連沒被問到的事情都說出來啊！我們的合約就是為此存在的吧！你幹麼特地盡是把風險告訴客戶？是說你之前也跟客戶說『您看起來是很容易被扒的人呢！』，在那邊唱衰對方的服裝或拿包包的方式吧！」

「啊？那才不是唱衰，應該說我是在闡述客觀的事實……而且實際上，那位客戶在義大利就被扒兩次了。」

佑真語氣直接的說道，想要訂正細節。在一旁的辦公桌製作文件的新藤學，比佑真大兩歲的他正抖著肩忍住笑，這樣更加點燃了課長的怒火。

「就跟你說不能這樣講話！你就是每次都不只多說一句，而是多說十句啦！要是什麼都說得太過老實，那可是會挑起戰爭的吧！」

課長用力拍著一旁的桌子，佑真縮起脖子往後退。他不喜歡太大的聲響以及罵人的聲音。

「你不用再去櫃檯了！就給我做文書業務！」

被課長用手指指著，佑真回答著「是」，低下了頭。課長怒氣沖沖的離開後場，當他的身影一消失，新藤立刻嘻皮笑臉的拍了拍佑真的背。

「鈴木，你又惹課長生氣了啊！課長不是這麼會生氣的主管耶？」

新藤是個工作很有效率的前輩，也是接下指導佑真工作的男人。佑真一面嘆氣一面在新藤旁邊的位置坐下。

「唉，真是抱歉。感覺課長血壓都要升高了……不知他還好嗎……」

一邊開啟電腦，佑真垂下了肩。雖然常常挨課長罵，但佑真並不討厭他。他理解課長工作認真又有責任感，多年來為公司奉獻，是個厲害的人。錯的是他自己。只要一對應顧客，他就沒辦法不說那些不利的情報。

「鈴木先生，你又多話了吧？你真的很不適合對應客戶耶——」

從茶水間邊笑邊走來的女社員、森下，也對佑真語氣訝異的說道。

「我也這麼覺得……」

佑真低下頭，把檔案在螢幕上點開。隨著時間經過，課長的怒吼聲越來越沉重的壓在他的心頭。

「欸欸，不過這小子可是莫名的有死忠客戶耶！有客人因為他好處壞處都會講，所以說要找他規劃行程。然後這些客人大多是怪人這點也很有名。」

新藤一副很有趣的跟森下說道。被森下「喔——」的表示佩服，佑真露出了苦笑。自己從以前就很受怪人喜歡的事情，就先暫切不說了。最重要的是，就算有固定的客戶，但他流失的客戶卻遠遠超過這個數字，所以他是個失格的員工。

佑真操作著電腦，又一邊嘆了口氣。他雖然想要轉換一下心情，但一被人罵，心情就會越來越沉重。雖然滿奇怪的，但佑真被罵的時候明明沒什麼感覺，可是隨著時間過去，記憶卻會變得更鮮明，讓他開始低落。佑真把這個叫做「挨罵的時間差攻擊」。

（可以讓我心情高漲的事情……可以讓我心情變好的事情……快來吧！）

當佑真如此祈禱的時候，就如同回應他的願望一般，辦公室的門打開了。

「我回來了。」

一名身材高䠷修長的青年從門外進來。他繫著看起來很名貴的領帶，穿著一套顯現出他良好身材及長腿的西裝。有點微捲的棕色頭髮、高挺的鼻子、被他一看就會心蕩神馳的細長雙眼，五官端正、帥氣到會讓路人會忍不住回頭的——人見蓮從外出處回來了。

（唔哇——謝謝上天！我的偶像今天也好俊美！）

一看到人見的身影，剛才像是跌落谷底的心情，立刻一口氣高漲起來。這樣他今天也可以勉強活下去了！

人見神采奕奕的穿過辦公桌，跟其他社員打著招呼。他的視線轉向佑真，對他笑了一下。

「佑真。今天中午一起午休吧？」

被人見問著，佑真立刻點點頭。不知人見是否有事要向主管報告，他把東西往自己的桌子一放，便往樓梯走去。

（啊啊，人見今天也好帥啊！看到那張俊美的臉龐，我就湧出一股生存的活力。尊貴的……神啊……）

佑真對著人見離去的背影雙手合十，依然站在他旁邊的森下露出了奇怪的表情。她似乎很在意佑真膜拜人見的事情。

「鈴木先生，你很喜歡人見先生呢！」

被森下用著調侃的語氣說道，佑真老實的點了點頭。

「嗯，人見是我的理想。我很想被生作那樣的人。」

佑真毫不害臊的直率說著，讓森下跟新藤驚呆的無言以對。

沒錯，人見是佑真的理想。這個理想正穿著衣服在走路。首先是臉。從第一眼看到他的瞬間，佑真就被他那俊俏又完美的美貌給緊緊抓住內心。接下來是身材，就算隔著襯衫也看得出來的均勻體態、修長雙腿、厚實手臂，人見的每一部位都超讚的。外表都這麼完美了，如果個性很差那也只能睜隻眼閉隻眼，但人見卻很和善，是名個性爽朗的青年。再加上他還是國立大學畢業的，頭腦也讓人無從挑剔。

人見是一年前跳槽來這間旅行社工作的。在這之前，他是在所有人都知道名字的知名飯店工作。現在二十六歲，跟佑真同年。

而且最厲害的是，人見的第二性別是α。

這個世界裡有所謂的第二性別，會被分類成α、Ω跟β。具備優秀資質的α是稀少的類型，屬於君臨在眾人之上的存在。

基於以上這幾點，人見變成了佑真的偶像。儘管人見是佑真的同事，但他就像是天上之人的存在，是佑真的偶像，以及療癒他的巨星。

佑真從以前就是外貌協會。電視上看到的從演員、偶像、政治家或是到主播，都有佑真理想的美形外貌。有些是男性，有些是女性，但佑真是他所有見過的人當中，最接近自己的理想類型。從人見進公司之後，其他的俊男美女全部都變成凡人。

不過話雖如此，佑真的戀愛對象還是女性，所以他對人見並沒有不純的想法。他只是看著人見的俊美外表來享受療癒而已，這樣他就滿足了。

「不過，我懂你想說的。我也想跟他一樣被生得這麼帥氣。完全就是α的感覺呢——」

新藤認同的對佑真點點頭。

「是吧!!」

新藤所說的就跟自己想的一樣，佑真眼睛都亮了。

「偶像啊——不過，你如果常跟人見先生在一起，就會變成像是襯托他的綠葉，你不會覺得討厭嗎？」

森下話中有話的問道。

會被這麼說也不是沒有道理。不管怎麼說，佑真跟帥氣無死角的人見不同，他的外表很平凡。由他自己說雖然很怪，但他的一切就是普通。臉不醜也不帥，身材不胖不瘦，國中是念家附近的學校，高中二流、大學二流，然後就到了現在。只見過一次的人有百分之十的機率會記住自己的臉，他就是這種不管去哪都是路人的角色，而第二性徵也是到處都有的β。平凡中的平凡。這就是佑真的規格。

「我反而想要襯托他耶！我想讓全世界的人知道人見有多帥。」

佑真幹勁十足的說完之後，森下的臉不禁抽動了起來。

「鈴木先生，你認真的嗎？你是人見先生的信徒嗎？」

「信徒！妳形容得太貼切了。這小子真的就是這種感覺呢——」

新藤拍著桌子大笑。佑真不懂他為什麼要笑。

「不過人見先生的防備很強呢——約他去喝酒也大都會被拒絕。尾牙之類的也是結束就立刻回去。就算花井小姐約他，他也會拒絕耶！」

佑真睜大雙眼「咦！」的握緊拳頭。花井是負責櫃檯業務的女社員，跟佑真是同期的同事。眼睛大大、個子小小的，是個可愛的女生。佑真一直覺得可以跟人見在一起的人非她莫屬。

「我還覺得花井小姐跟他很般配耶……那我得找找其他的美女了……」

佑真皺著眉，像是為了不被兩人聽到似的小聲說道。把人見太過偶像化的佑真常會有些幻想。他只要一發現跟人見很配的美人，就會想像他們談戀愛的樣子，自得其樂。雖然朋友很驚訝他為什麼不會幻想自己跟人見在一起，但對象一變成自己他就完全失去興致，幻想不下去。想像俊美的人見跟美麗的女性互相依偎會讓佑真很開心。因此，雖然花井是位適合的美人，但如果人見沒興趣那也沒辦法。

「哈哈哈！不過啊——人見先生這個月底就要辭職了吧？」

正當佑真想著要不要幻想一下最近很紅的寫真女星跟人見談戀愛的時候，森下的口中竟冒出了驚人的發言。

「……啥？」

佑真身體石化，抬頭看向森下。森下則是睜大雙眼往下看著佑真。

「咦？鈴木先生，你不知道嗎？你們兩個感情很好，我還以為你知道。」

身為情報通的森下帶著同情的語氣問道。

……人見要辭職？這個月底的話，就是到九月底——

佑真的心靈療癒、偶像就要消失了。被深深推落至絕望的谷底，讓佑真差點大喊出來。他沒聽說這件事。雖然經常與人見一起吃午餐，但人見從來沒表現出要離職的徵兆。

（以、以後我要怎麼辦……我的療癒啊！）

直直盯著電腦螢幕的佑真，失魂落魄到全身無力。連森下跟新藤擔心的跟他說話他也聽不見，一臉的呆滯。

在那之後，佑真的工作真是慘不忍睹。他犯了許多小錯誤，就連接電話也有氣無力。當午休時間到了，踏出這棟有其他公司分租的大樓時，佑真散發的鬱悶氣息，讓每個人都開口問他怎麼了。

「佑真，你怎麼了？看起來心情不好耶！聽說你被課長罵了？是因為這件事嗎？」

離公司稍微有點距離的公園裡，當佑真一在椅子坐下，向他走近的人見就有些擔心的問道。佑真都是在這個公園吃午餐，今天運氣很好，樹蔭下的椅子沒有人。雖然已經過了九月中旬，但今天還是會令人流汗的天氣。人見也把外套放在公司，將襯衫的袖子捲了起來。

「不是……有別的原因。但我們先吃飯吧……」

暗示言外之意「就是你害的」，佑真拿出兩人份的便當。

只要時間配合得上，佑真大部分都是跟人見一起吃午餐。而他沒有讓公司的人知道，他也會幫人見做便當。要是被別人知道了，感覺會招來不必要的誤解，所以他叫人見要保密。當佑真拿出今天也為人見做的便當，人見一臉開心的笑著接了過來。

若說到佑真為什麼連人見的便當都要準備，契機就是人見跳槽進來約兩、三個月的時候，佑真在公園吃便當，而人見跑來跟他招呼。自傲自己什麼都很普通的佑真也是有優點的，雖然由本人來說有點恬不知恥，但他很會做料理。他不覺得自己煮菜很辛苦，所以為了省錢會親自做便當。

「看起來好好吃喔！我想吃一口。」

後來他跟人見會一起吃午餐，而總是在便利商店買午餐的人見會跟他分一口來吃。佑真喜歡做菜，也喜歡看別人吃得津津有味的表情。如果對方是他崇拜的人見，一旦被稱讚好吃，就會讓佑真欣喜若狂。

「你煮的菜比超商的便當好吃一百倍。你有空的時候，可以也幫我做便當嗎？」

不論佑真讓人見吃什麼菜，他都會直呼「好吃！好吃」的吃得很開心，最後佑真甚至得到這樣的金句。

「我很樂意！」

佑真立刻表示願意，在那之後，只要午休是跟人見一起，他就會連人見的便當一起準備。人見雖然想要付錢，但佑真認為這樣就沒意思了，所以就用人見經常請他吃晚餐這件事來抵消。對於想要為偶像貢獻的佑真來說，其實根本不需要人見的謝禮，但因為人見覺得過意不去，所以就這麼做了。

「啊！今天的便當菜色是炸明太子起司？好好吃。燉芋頭也好好吃。浸煮茄子的調味超讚的！」

今天把便當遞給人見之後，他也是立刻高興的大口大口扒起便當。雖然人見完全不會做菜，但他的味覺卻異常的發達，也非常瞭解菜餚的名字。

（唉，這幅景象也要在這個月畫上句點了啊……）

感慨萬千的佑真細細咀嚼著冷飯。

他會跟人見變熟有一部分是因為便當的事，但人見會跟他搭話的原因，卻宛如命運一樣。

跳槽來公司的人見，佑真雖然被他的俊美及帥氣給吸引，但他並不想與人見變成朋友。佑真是喜歡遠遠欣賞偶像的類型，所以他會避免與人見發展過多的友誼。理由很簡單，如果人見是個金玉其外，敗絮其中的人，那會讓佑真幻滅。偶像也因為是在電視上或是演唱會現場看到所以才迷人，如果距離太近，看到這個偶像的惡劣性格或是討人厭的態度，那就會大失所望了。現今這個資訊社會，本來就是個負面消息會被立刻轉傳的時代。他已經不知道被喜歡的偶像背叛過多少次了。所以佑真如果有喜歡偶像的時候，儘管他會貢獻業績，但他會盡量不去看對方私生活的八卦。但話雖如此，如果對方發生了婚外情，就算他不想也會看到新聞……

基於這樣的理由，佑真應該跟人見保持距離，而他也打算遠遠守護著人見，但是當佑真獨自吃午餐的時候，人見卻主動來找他。

一開始佑真很猶豫是否要跟人見當朋友，但結果人見是個令人開心的誤算，他是個完美的人。就算跟他距離變近，他的善良依然沒有走樣，而且行為端正又爽朗，絕對不會說人壞言，也不會怒罵或是遷怒他人。佑真十分感謝上天，竟然有如此完美的人。

除此之外，人見會跟佑真搭話還有其他的理由。

「那個，你還記得我嗎？我們同一間國小的吧？並鷹國小。」

被人見這麼一說，佑真「咦——!!」的大聲叫了出來。

人見跟佑真竟然念同一間小學，兩人在小學五、六年級的時候還曾經同班過。雖然記憶太過遙遠，佑真完全沒有印象，但他回家打開畢業紀念冊一看，真的有幼時的人見在上面。

被人見這麼一說，佑真想起小學的時候好像有個像女生一樣可愛的男生，他有默默喜歡對方，覺得他很漂亮。不，自己會把外表亮眼的人當作偶像，說不定反而是從人見開始的吧？

因為這樣的理由，佑真跟人見相處得十分融洽，兩人變成會一起午休的關係。

「真好吃。謝謝招待！」

將佑真做的便當全部吃光之後，人見雙手合十。佑真還在沒什麼興致的吃著便當，人見看著他，一副欲言又止的飄著視線。

（啊！他該不會要現在跟我說離職的事……？）

注意到人見開始坐立難安，佑真急忙扒著飯。以人見的個性來看，他不可能不跟佑真這個同事說離職的事情。他是個對熟人通情達理的男人。心想一定要好好聽他說的佑真，連忙咀嚼著口中的飯。由於佑真進行最後衝刺想把飯解決，結果白飯卡在喉嚨裡，害他差點吐出來，幸好人見給了他茶喝。

「怎、怎麼了？人見。」

佑真對著偷瞄自己的人見，揚起親切的笑容問道。人見似乎有些難以啟齒的搔著脖子後面。

「那個……今天晚上要不要一起吃飯？我有重要的事想跟你說。」

人見沒有看向佑真的說著。

（要說重要的事了啊——！）

佑真努力忍住眼淚，握緊放在膝蓋上的手。人見是打算今晚在晚餐時跟他說離職的事吧！雖然知道人見是個講義氣的男子，但沒想到他竟然會如此顧慮自己……他是擔心或許佑真可能會太過震驚嗎？

「喔！好呀。我被解除了櫃檯的工作，所以應該可以準時下班。」

佑真拚命裝出笑容，盡量用著聽起來很開朗的語調。人見像是鬆口氣似的轉頭看他。不知是不是佑真多心，他的臉看起來有點紅。

「太好了。我已經訂好店了。我是訂義大利餐廳，可以嗎？你喜歡吃義大利料理吧？」

「嗯，謝謝。」

雖然心中覺得要講離職的事，去居酒屋就可以了，但佑真還是點點頭。人見像是鬆口氣似的露出微笑。想到這個笑容以後也看不到了，佑真就感到傷心。

（不行。我現在的心情就跟喜歡的偶像團體要解散時一樣，忍不住想把所有景象牢牢記在腦海中。）

佑真用力搖搖頭，把兩人的空便當盒放進包包。差不多該回公司了。

晚上如果聽到人見說離職的事，就帶著笑容跟他說加油吧！如此堅定的期許自己，佑真跟人見踏出了步伐。

由於今天是平日的星期四，顧客並沒有太多，代替佑真處理櫃檯工作的佐藤並沒有對他做出抱怨。文書作業則是在佑真多次檢查下避免了錯誤，終於結束了一天的工作。

自從聽說人見要離職之後，佑真也開始思考起自己的前途。他只是因為喜歡旅行才選擇來公司上班，但很明顯這份工作不適合自己。他並不討厭服務業，但無法說謊的性格，讓他連對公司不利的情報都會脫口而口。或許佑真應該跳槽去更不同類別的職業。繼續這樣下去是不可能期望出人頭地的，而且最重要的是工作得不開心。

（可是我能做什麼呢？是不是應該乾脆走上料理這條路呢……）

要取得廚師執照必須在餐廳工作兩年以上，也需要通過廚師考試，如果他是認真以此為目標，最好就要趁現在轉職。有關做菜佑真都是自學的，所以他也可以參加廚師培訓機構，從頭開始重新學起。但話雖如此，由於他是一個人住，所以若去上課的話實在不太現實。

（偶像都要走了，乾脆我也辭職吧？）

一邊煩惱東煩惱西，佑真一邊收拾東西之後打了卡。看了一下手錶發現六點半了。他在公司的後門等著人見，過了一會便看到人見穿著西裝出現。

（唉，這個西裝的模樣以後也看不到了……）

人見英姿煥發的走向這裡，佑真再次看著他溼了眼眶，然後「不行！不行！」的搖搖頭。

「久等了。我們走吧！」

對著看長腿看到入迷的佑真，人見對他靦腆一笑接著走向車站。原本以為他們要去的是附近的店，結果是在銀座的餐廳。雖然不可思議的想著難道那是人見十分中意的店，但佑真還是跟著人見走。

人見看上去似乎有些緊張，被他帶來餐廳的佑真，不禁張大了嘴巴。人見預約的店，是擁有米其林一顆星的高級餐廳。是間預約要等三個月，連佑真都知道的餐廳。

「怎、怎麼了？來這種看起來很貴的餐廳……」

被舉止完美的服務生帶往位置，佑真小聲的跟人見說道。如果知道要來這種看起來很貴的店，他就穿更好一點的西裝來了。他連鞋子也沒有擦，領帶也是便宜貨。佑真打開了菜單，就算是人見要請客，但價格上的零實在多到令人過意不去。

（這該不會是送別會嗎？不，如果是送別會，一般應該要由我來付吧……？）

坐在對面位置的人見，佑真無法解讀他真正的用意，開始有點坐立難安。

「你不用在意。來，要點什麼？如果不知道吃什麼，點套餐可以嗎？」

人見連菜單都沒打開，只一直看著佑真的臉。這個價格要佑真自己點餐實在需要勇氣，因此他決定交由人見做主。人見點了高價的套餐，並且點了兩杯香檳。

「咦？你不是不會喝酒嗎？」

看著服務生在面前倒著兩人的香檳，佑真感到很困惑。人見是出了名的不會喝酒，就算是有課長或部長參加的聚會，他也是一個人在那喝烏龍茶。

「喔！嗯，其實我會喝酒，但我酒品很差。不過只喝一杯還可以。畢竟不喝酒我有點難以啟齒……」

人見皺著流順的眉毛，露出了苦笑。

「咦，我都不知道耶！你酒品很差喔？是像怎樣？」

被挑起興趣的佑真如此一問，人見一面顧忌著四周一面湊近他的臉。

「我一喝醉，就會變成接吻狂。我抓到只要人，就會親下去。」

被人見一臉苦惱的坦白，佑真忍不住笑了出來。如果被人見這種帥哥親了，當下在場的人們應該會很開心吧！

「其實啊，我剛進公司的時候，部長曾經叫我去參加廠商的餐會，我雖然不太想，但因為是工作，所以就照做了。那個餐會部長跟課長都有出席喔，我明明說我不會喝酒，卻一直被灌酒。聽說喝醉的我，一直猛親現場的所有人。」

聽到人見邊扶著額頭邊坦白，佑真差點把喝進口中的香檳噴出來。

「連課長跟部長都親了!?」

「嗯……連廠商的社長也親了……而且我還抱怨說『每個人都不好吃』……從那以後，在喝酒的聚會上，課長就會跟我說不必喝酒了。」

不知是否當時的狀況不堪回首，人見一臉悲痛的表情。想像當下情景的佑真無法克制的抖著肩膀。如果這裡是居酒屋他就可以大笑了，但在這間高級餐廳無法發出太大的聲音，實在有夠痛苦。的確，去年尾牙的時候，以往總是要大家喝酒的課長竟改變意見的說「不要太勉強喔」。他還以為公司有在確實遵守政策……

「太好了。佑真，有點精神了嗎？」

佑真總算止住笑之後，人見便放心的露出了微笑。他該不會一直很在意自己沒有精神吧？多麼溫柔的男人啊！

「我們來乾杯吧！」

佑真把杯子舉近，跟人見互相微笑。杯子相碰，越過香檳的泡沫可以看到人見俊美的臉龐。佑真在心底發誓，不要一臉鬱悶的送人見踏上他選的道路，他祈禱偶像能夠幸福。這樣才是粉絲的榜樣吧？

前菜被端上桌來，佑真一邊為它的美味噴舌，一邊如此告訴自己。

米其林一星可不是假的，每一道端上來的料理都具有獨特性及擺盤精美，而且調味更是美味極致。尤其是加有黑松露的起司燉飯，典雅高貴又蘊含風味，好吃到令人想再來一盤。

甜點的兩款蛋糕，具有藝術感的以冰淇淋及水果點綴，模樣精緻得讓人忍不住拍照。原來蘋果還有這種切法，非常值得佑真參考。

「對了……你或許已經從別人那裡聽說了，我，這個月底要離職了。」

當搭配甜點的咖啡被端上桌來的時候，人見開始說起重要的事。

「就是啊！我才剛聽說這件事，超驚訝的。」

努力擠出笑容，佑真語氣輕快的回覆。

「你辭職後要去哪裡呢？如果不能問的話，我就不問啦！」

不想被人見覺得煩人，佑真特意用著比平常高的音調尋問。他會不會告訴自己他被演藝圈給相中了啊？這樣佑真就能全力支持他了。

「嗯……其實一年前家裡就叫我回去幫忙了。但因為在現在這間公司找到了你，所以我就拜託家裡再給我一年，然後待在這裡。」

人見的聲音變得低沉，氣氛突然生硬了起來。他散發出一股緊繃的氣息，凝視著佑真。

「咦？我？」

不懂為何人見會在這時提到自己，佑真感到困惑。在現在的公司找到自己？什麼意思呢？

「啊，在說這個之前，先說一下我老家的事業，我家是經營旅館的。」

人見有點臉紅的說道。

「咦！我都不知道！你家是開旅館的啊！喔喔，所以你之前才會在飯店工作啊？這是要繼承老家的事業呢！」

雖然有些地方還是想不通，但可以理解的佑真用湯匙挖著冰淇淋。他不知道人見家裡是經營旅館的。原來是要繼承家業啊！這樣說不定人見辭職之後，還是有機會可以見面。因為只要去人見經營的旅館住宿就好了。

「好厲害喔！是在哪裡呀？我一定要去玩。是說你們有跟公司合作嗎？但我之前是沒聽說過啦！」

希望突然湧了上來，佑真的意志開始高漲。偶像經營的旅館，這不是超讚的嗎？他要常常去光顧，也要用力跟周圍的人推廣。

「啊，嗯……沒有合作。我們旅館只接待一些有點特別的顧客。」

人見的臉龐變得越來越紅，視線開始左右游移。他的香檳只減少了一半，難道他已經喝醉了嗎？

「佑真。」

人見把原本盯著桌子角落的視線拉回佑真身上，他像是下了什麼決心似的，把身子向前傾。

「這一年來我一直注視著你，你看起來真的就是充滿了光芒。」

被人真表情認真的這麼一說，佑真不知所措的咬著麝香葡萄。

「第一次有人跟我這麼說。發光的人是你吧！你超閃耀的。」

猜不透兩人談話的方向性，佑真邊笑邊喝了口咖啡。被帥哥注視會讓人心跳加速。

「不，我從沒看過像你這樣耀眼的人。當我準備回老家，跑來現在這間旅行社買票的時候，我感覺到了命運。那時你正好在櫃檯，為了我確保機位……我現在都還記得你跟我說『高知是個很棒的地方呢！』」

人見說起了過去的事情。那是因為有帥哥客戶來，佑真想要看久一點才跟他閒聊的……

「你靦腆的笑說想去玩一次看看，我因為你太過耀眼，完全無法好好回應你。而且，我明明當下突然說要取消，但你卻沒有絲毫不耐煩，而是跟我說期待我再次光臨。我會想取消，是因為遇見了你，讓我決定不回老家了，但真的很抱歉我那時是個麻煩的客人。」

人見口中的自己就像是溫柔的化身，但對他來說，不過就是比起公司的利益，可以欣賞帥哥的幸福更凌駕於上而已。

「啊——……也就是說……所以……」

人見突然語氣含糊了起來，他把手放進口袋裡。再次拿出來的時候，手掌上托著一個戒指盒。

「佑真——請你跟我結婚。」

人見語氣認真的如此說道，使得佑真喝進口中的咖啡都噴出來了。人見像是驚覺到什麼似的摩擦著額頭，然後跟佑真道歉：「對不起，我說錯了！」

「嚇嚇嚇我一跳！就、就是嘛，你說錯了……」

人見怎麼可能突然說希望自己跟他結婚……

「我希望你能以結婚為前提跟我交往。」

人見重新說了一次，然後遞出了戒指盒。驚訝過頭的佑真，咖啡從他口中流了下來。佑真不懂這是怎麼回事。人見變得好奇怪。感覺到服務生走了過來，佑真連忙用紙巾擦著嘴邊。快冷靜下來。在這種高檔餐廳引起騷動可是會被趕出去的。

「啊、哈哈！你在開玩笑嗎？你是在說笑吧？這個裡面也是空的吧……」

心想這一定是人見開的無聊玩笑，佑真把人見遞過來的戒指盒打開。結果裡面真的有戒指，而且還是閃閃發光的鑽石。

「佑真，我是認真的。說起來，我會來到這裡也是為了找老婆。你不用現在回我，但我希望，你能在我還在公司的時候給我答覆。如果你願意，可以跟我一起回老家嗎？」

讓佑真握住戒指盒，人見語調快速的說道。

人類擁有第二性徵的現在，男性間的婚姻也受到了認可。佑真明白人見不是在開玩笑了，也明白他所謂的今晚有話想說，並不是指辭職的事，而是要跟他求婚。

——可是……

「這不可能吧!!」

怒火中燒的佑真拍著桌子。雖然周圍的視線都看向他們，但佑真無法保持沉默。

「像你這種國寶級的帥哥，竟然跟我這種路人角色求婚！你腦袋是不是有問題啊!?還有其他更可愛、更漂亮、更美的人吧!?我這種人啊，如果是漫畫裡的角色，就會出現在像是助理會畫的位置，而不是作者！這樣的我，怎麼可能配得上你這種以俊美無瑕為傲的男人啊！說起來，你要找男性的話，也應該找Ω吧！找我這種一切都在平均值的平凡王β太奇怪了吧！」

為了矯正人見的錯誤，佑真忍不住喋喋不休的說道。

「抱歉，我不太懂你說的話。路人角色……是什麼？」

佑真所說的話，人見似乎連一半都聽不懂，他一副目瞪口呆的樣子。

「總之！不可能是我來當你的結婚對象！首先，我喜歡的是遠遠欣賞你！

如果我變成你的對象，那讓我很萌跟超級沒勁的人，不就都是我自己了嗎？人見，你重新想想吧，你的俊美無暇必須留在這世上。你想讓這稀有的ＤＮＡ終結在這裡嗎!?」

喘著氣說完之後，注意到周圍客人的視線，佑真銳利的瞪了過去。附近桌子的情侶連忙轉看向別的地方。

「你討厭我嗎？」

人見無視佑真的主張，認真的凝視著他。佑真感到心跳加速，人見在這種時候還是好帥。

「宇宙第一喜歡你！」

佑真老實的說完之後，人見紅著臉龐的抱住了頭。

「那你答應我不就好了嗎？我實在不懂你在說什麼。我從來沒有遇過像你這樣一直誇獎我外表的人。我喜歡你，想跟你結婚。如果你也喜歡我，這不就是happy ending 嗎？」

「這是叫做 unhappy ending 吧！要我玷汙偶像……比誰都還希望你幸福的我竟要把你毀掉……這種事是天理不容的行徑啊！」

佑真含淚的奮力說服人見，而人見則是越來越困惑的仰天嘆息。

「——總之，我想帶你回我老家。佑真，你認真思考後再回答我。你不必現在回覆我。絕對不要現在回覆我！嘴巴快閉起來！」

或許是察覺到佑真想要拒絕，人見像是要蓋過他的話越說越激動。自己跟人見結婚這種事，就算天地允許，做為人的他也不能允許。但是都被人見說不能現在回覆了，佑真也無法硬是要回答他。

今天到底是個怎樣的日子？

聽到偶像要辭職而跌到谷底的心情，因為這突如其來的求婚變成了場外全壘打。人見的想法真是太過奇妙，佑真完全跟不上。誰不選，竟然偏偏選擇了自己。

飯後甜點的味道，佑真已經完全吃不出來了。他被迫搭上名為困惑的列車，感覺會這樣一路搭至宇宙的盡頭。

本命是α

2 提案內容

經過一夜之後，佑真只覺得昨晚的求婚是個巨大的玩笑話，但戒指確確實實的留在他身邊。回家之後他試著把戒指套上無名指，結果尺寸超合適。佑真害怕得直發抖，心想人見是何時測量他手指的尺寸。

人見的求婚只能以晴天霹靂來形容，使得佑真暫時無法思考。他以為自己跟人見是以同事的身分相處甚歡，完全沒想過人見對他會有同事以上的感情。但是回頭一看兩人之前的關係，佑真注意到自己也有不對的地方。

就是每天做便當給他這件事。

感覺好像哪本雜誌曾經說過，「你想共結連理的人，可以想辦法抓住對方的胃」。他本來覺得自己跟人見都是男的，而且又想看人見開心的表情，就沒多想的幫他做便當，這樣的自己做出了讓他誤解的原因。能受到人見喜歡佑真很高興，可是要跟他結婚是不可能的。像人見這種國寶級的帥哥，跟一位能與他相配的美女結婚，才是這個社會的風氣吧！最重要的是自己雖然是外貌協會，但性欲方面只對女性有興趣。

（一定要好好拒絕人見……要誠心誠意的真誠拒絕，不要傷害他……）

雖然差點像平常那樣連人見的便當都一起準備，但佑真決定今天還是先暫停。不能再讓人見誤解了。這也是為了人見的幸福。

把戒指放進包包，佑真下定決心今天一定要拒絕人見，然後便前往了公司。

然而不知人見是否察覺到佑真要拒絕，佑真實在抓不到他的人。由於人見是業務，所以他在公司的時間的確會比較少，但現在是佑真想要叫住他，他就立刻消失。

（真頭痛啊……）

求婚之後一個星期過去了，人見待在公司的時間也開始倒數。佑真被森下問到要不要參加送別會，他雖然回答了要去，但是跟人見在這種彆扭的情況下分開實在太痛苦了，而且他也還沒問到人見老家的旅館在哪裡。

時間一久，佑真甚至漸漸覺得，他被求婚的事情是不是一場夢，連他自己的心情也開始變得不明確。這一個星期，他完全沒辦法跟人見說話，也看不到他俊美的臉，內心極度的乾涸。

「啊——我需要療癒、療癒啊！」

回到家，佑真打開電腦裡的俊男美女資料夾來看，但還是贏不過身邊活跳跳的帥哥本人、人見的威力。帶著空虛的心情，星期天下午佑真在自家公寓玩著電動時，門鈴突然響了。

「來了來了……人見⁉」

佑真看了看對講機的螢幕，發現自己的療癒因子就站在那裡，表情看起來有點緊張。人見穿著寬領口的深紅色針織衫，以及襯托他修長雙腿的黑色直筒褲。人見穿便服也很帥氣。

「怎、怎麼了？你知道我家也太厲害了。」

佑真驚訝的一打開門，人見便一臉安心的遞出了紙袋。

「上次經過這附近的時候你有跟我說吧！來，伴手禮。」

人真遞過來的紙袋裝的是銅鑼燒，來自一間佑真喜歡的和菓子老店。凝視道著謝收下的佑真，人見表情認真的朝他逼近。

「我跟你說，我上次的提案內容講得不好，你再聽我說一次。我是個自戀的笨蛋，自以為你喜歡我，我已經有在反省了。那時可能因為有喝酒，我想說的話有一半都漏掉了。」

被人見幹勁十足的說著，佑真招架不住的往後退。他說的提案是指求婚的事嗎？佑真可以從人見身上感受到前所未有的堅強決心。像這樣看著人見，他真的超有男子氣概。這不是讓人感覺會被吸進那雙閃亮的雙眼嗎！

「喔，嗯……那你要進來嗎？我家很小就是了。」

這時把人見趕走就太浪費這份帥氣了，假咳了一下的佑真讓人見進來家裡。人見的表情亮了起來，他脫下鞋子說著「打擾了」。

佑真家是六張榻榻米大小、兩間房間的公寓。位置位於豐島區的居酒屋街附近，距離公司走路十分鐘。他在現在的公司工作約一年的時候搬離老家，開始在這間公寓生活。老家那裡有唸大學的妹妹及父母親。

「我去泡咖啡喔！」

泡了濾掛式的咖啡之後，佑真端上了小矮桌。他泡的是人見喜歡的黑咖啡。人見興致勃勃的環視著初次來訪的佑真家。佑真房間裡只有書架、電視及遊戲機。拉門裡放著整套寢具及衣櫃。

「你家好整齊喔。」

人見看上去有些開心的說道。佑真很喜歡整理打掃，總是把房間弄得乾乾淨淨。這裡雖然是間便宜的公寓，但連佑真的家人都很佩服，這以一個男人的獨居生活來說算是很有條有理。由於喜歡俊男美女，當佑真迷偶像的時候，家中就會布滿偶像的產品，但只要一對偶像幻滅，他就會把所有商品丟掉，所以家中物品不會增加。現在他迷的人是人見，因此家裡沒有周邊產品。他曾經有一次對部長說要不要來做人見的月曆，但部長覺得他在開玩笑，後來就沒有下文了。

「這間的銅鑼燒，每次買都很好吃呢！」

小小的桌子上放著兩人份的咖啡，佑真把收到的銅鑼燒吃進嘴裡，就莫名的感到一陣喜悅。自己的公寓竟然會有這種帥哥來訪的一天。希望等下人見可以讓他拍張照。

「你喜歡我的臉吧？」

看著美男子，嘴裡吃著甜點的佑真，才過著這樣的幸福時光，人見就直搗核心的問道。佑真不由自主的差點把銅鑼燒卡在喉嚨。

「啊，嗯！」

事到如今再隱瞞也沒用，佑真於是誠實的點點頭。這件事都已經被公司的人知道了，所以應該也傳到人見那裡了吧！

「沒有人像你帥得這麼完美啊！不只是臉，連個性都很好，腦袋又聰明，還會顧慮別人，頭髮有點微捲也很棒，還有從手肘到手臂的青筋感也是……」

好久沒像這樣可以仔細觀察人見，佑真一邊陶醉一邊回答著。

「啊，先這樣就好了。」

佑真可以稱讚到天荒地老，可是被臉紅的人見給制止了。

「佑真，我們如果結婚，你就可以一輩子看著這張你喜歡的臉喔？」

人見把身子湊近桌子說道。

「咦……」

佑真感到訝異，停下正要拿第二個銅鑼燒的手。

一輩子……？看這張俊美的臉……？

「而且，平常我不會讓別人看到的表情，也只有你能看到喔？我先跟你說，等我辭職之後，應該死之前都無法再見到你了。我家裡的旅館是一般人不能入住的，而且又在高知的深山裡，我也沒辦法輕易來東京。」

「咦咦……!?」

突然悲從中來的佑真按著胸口。沒想到人見家的旅館竟然是這種VIP專用的。

「如果你跟我一起走，就必須辭掉工作。關於這點我覺得很抱歉。如果你很喜歡現在的工作，我是無法阻止你的，但可以的話，我希望你能一起幫忙旅館的工作。你之前說過想要考廚師的執照吧？只要在我家旅館的廚房工作兩年，不就能達成考照的條件了嗎？」

「……」

被說到自己沒想到的一點，佑真陷入了沉思。正當他在考慮是否要辭掉偶像離去的公司，竟然就收到一個求之不得的提議。要不要為了取得廚師執照，去人見的老家工作呢？心中不禁偏向這樣的想法，佑真用力的搖搖頭。

「這個提議非常有吸引力，可是……我想我還是沒辦法跟男性談戀愛。我每次用你在幻想的時候，都是把對手想成女性。」

把自己的性癖攤開來說雖然很羞恥，但性這方面是無法避開不談的，佑真只好老實說出。

人見帶著有點震驚的表情，惶恐的問道：「順便問一下，我跟誰？」

「最近應該主要是花井小姐吧？」

「我跟那個腹黑女!?」

人見有些驚恐的轉過臉。佑真完全不知道花井很腹黑。他們發生過什麼事嗎？

「還有人氣偶像由莉莉、女演員澄香的版本。」

「原來如此……抱歉，我對演藝圈沒興趣，所以不太清楚。」

人見好像不太喜歡演藝人員。佑真常買的雜誌裡，偶像由莉莉會出現在寫真頁上，他覺得對方是個跟人見很配的可愛女生，所以常常會用她來幻想。而女演員澄香則是演技高超的清純派，會讓佑真浮現出很棒的幻想。佑真高興的翻開登有兩人的雜誌，但只得到人見「哼嗯──」毫無興趣的回應。

「佑真。總之，你不能先跟我試試看嗎？」

被人見看似下定決心的問著，佑真睜大了雙眼。

「試試看……？」

「看能不能跟我有特別的接觸。我們要不要試試接吻？如果你能接受我的吻，說不定再進一步也是有可能的吧？你要是覺得噁心，我就放棄這件事。」

放下原本在喝的咖啡，人見繞到桌子後，跟佑真膝蓋碰膝蓋。突如其來的提案令佑真感到畏縮，他把後背緊緊貼在牆上。

「呃，跟我？這樣好像在玷汙你，我有點不太想……」

完全沒想到人見會逼近，佑真慌張的提高音量。他被緩緩靠近的人見逼到牆壁邊，無意識地滿臉通紅。人見是真的要親他嗎？雖然有在酒席間看過男生們開玩笑的接吻，但佑真只有跟女性接過吻。

「我會失去理智的，佑真，你先閉上嘴巴。總之先試一次看看吧！如果你覺得討厭可以揍我。」

眼前逼近一張俊美的臉龐，使得佑真的視線四處亂飄，然後用襯衫袖口用力擦著嘴邊。他根本沒想到要接吻，因此很在意自己的氣味。

「佑真，我要親了喔！」

人見的手碰著佑真的肩膀，鼻息漸漸靠近。

（唔，這麼近看還是超俊美！）

當佑真沉醉在近看依然完美的帥哥時，脣上感受到了一陣柔軟的觸感。雙頰微微變紅的人見，輕柔把臉拉開。

「你不閉眼睛嗎？」

人見看似些困擾的小聲說道。

「閉眼睛就太可惜……你太厲害了，人見。這麼近也依然耐看的美形。我好想俯瞰著看你。還有從側邊四十五度斜角看你。」

佑真如此直白的一說，人見便無力的用手捂住臉。

「總之……你不會覺得噁心吧？」

被人見確認的問著，佑真點點頭。

「好想用手機拍喔……你的接吻畫面，那可是超珍貴的。只要不把我拍進去，我應該就能萌得起來……」

佑真如此惋惜的一說，人見的手就握了上來。感覺到人見的手心在冒汗，佑真心中感到有些動搖。跟佑真不一樣，人見對於剛才的接吻是感到興奮的。人見說過喜歡自己，所以跟喜歡的人接吻——有這種反應的確也是理所當然。

「可以用手機拍喔，所以再讓我親一次吧？你可以用錄影的。」

像是生氣又像害羞，帶著一臉難以言喻的複雜表情，人見如此說著。

「咦，真、真的嗎？」

雖然有種剛才不該這麼做的感覺，但人見說可以錄影，這個充滿魅力的誘惑令佑真無法抵抗。如果保存下來就能隨時重播了，這簡直像在作夢。

「我真的會錄影喔？當然我不會做不當的使用，只會自己享用而已。」

趁著人見還沒改變心意，佑真將手機安置在桌子上。為了可以拍到人見的臉，他把手機設置成從自己的斜後方拍攝。佑真莫名有種緊張感。竟然可以錄到人見接吻的畫面，真是棒呆了。以後要幻想的時候，就能回想起更加真實的影像了。

「好，可以了！」

按下手機的錄影鍵之後，佑真立刻在定點坐下。接著人見的手撫上他的臉頰，有些強硬的吻住他的脣。

（哇！）

與剛才蜻蜓點水的吻不同，被人見深深吻著，佑真感到一陣驚訝。人見的手摸著他的後頸讓他無路可逃，然後用舌頭描繪著兩人交疊的雙脣。佑真反射性的微微張開嘴巴，人見的舌頭便鑽進了他的口中。

（咦！咦！吻、吻得這麼深？）

被大聲的吸著脣，嚇一跳的佑真閉上了眼睛。人見用舌尖畫過佑真的牙齒

及上顎，貪婪的不斷吻著他。

「你的嘴唇……果然好美味……」

一邊沉迷的吸著佑真的雙唇，人見一邊輕聲說著。佑真原本以為會是蜻蜓點水的親吻，所以他雖然有些慌了手腳，但還是接受了人見的吻。舌與舌互相交纏，佑真一面被人見的手指玩弄著耳垂，一面被他緊密的貼著。

（好、好淫穢……！人見感覺……很熟悉接吻！）

被舌頭玩弄著口內，佑真的心跳越來越快。腦中一片空白，感覺輕飄飄的。被人見像在品嘗似的舔舐、吸吮著雙唇，並被牙齒輕咬著。佑真在大學時期與女性交往的時候，也沒有吻過這麼久。一直被探索著口中，佑真不禁想這個吻不知何時會結束。呼吸變得紊亂，口水流了出來，令人感到羞恥。而人見將口水舔去這件事，更讓佑真腦中沸騰了起來。

「哈……咿……！」

雖然佑真推著人見的胸口希望他停下，但不知為何使不上力。別說是使不上力了，佑真的身體甚至微微抖著，眼角滲出了淚水。接吻的水聲一直在耳邊響起，背後時不時竄過一陣寒意。

「啊……」

注意到自己閉上了眼睛，佑真表情茫然的一瞬開眼，便看到眼前的人見雙頰微紅。注意到人見的雙眼染上情慾之色，佑真感到一陣暈眩。他第一次看到人見這種表情。這的確是只有進行性愛行為的對象，才能看到的神情。

「佑真……」

被性感的嗓音叫著名字，佑真滿臉通紅的捂住了嘴。慘了，令人難以置信的，他有些勃起了。被人見深吻的佑真，下半身變得十分熾熱。

「不會……噁心吧？」

佑真一用手擦嘴巴，就被人見偷偷觀察著表情。他連忙轉過身，把還在錄影的手機給關掉。別說不會噁心了，他甚至還感到興奮。佑真頭一遭知道，原來男人碰到帥哥也可以興奮。他感覺打開了新的性事大門。

「嗯、嗯……」

看著人見的臉讓佑真感到十分羞恥，他用坐墊遮住了自己的臉。

「抱歉，我不知道該做出什麼表情。你可以離我遠一點嗎？」

邊把臉埋在坐墊裡，佑真聲音含糊的說著。人見回到原本的位置，覺得差不多可以的佑真，將臉從坐墊移開。怎麼說呢？他連耳朵都好燙。自己現在的臉一定很像煮熟的章魚吧！佑真忽然看了一下手機，自己索然無味的臉映在上面，將他一口氣拉回了現實。

「如果我長得更美麗一點……！」

因為激烈的吻而情緒高漲的內心，被推到了地獄。佑真一臉悲愴的趴在桌子上，讓人見嚇了一跳。

「人見，跟你接吻我不只是完全不討厭，甚至還覺得很興奮。可是光想到你的對象是我，我就感到非常失落。我這種土土的普男變成你的對象，會讓我打從心底萌不起來。」

佑真表情灰暗的嘆口氣後，人見便搔起了頭。

「你總是這麼說，但你一點也不普通啊？」

「咦？」

無法理解人見在說什麼，佑真一皺起眉，人見就輕輕戳了一下他的額頭。

「公司的每個人也說你很怪呀？你的外表我也喜歡，是說，在我眼中你看起來就是閃閃發光，所以我會這麼講好像也沒辦法。你可能會討厭被人這麼說，但我覺得你很可愛……你親完之後紅紅的臉，有點誘人。讓我想要直接撲倒你……」

「啥啊啊？」

人見是不是把他跟別人搞錯了？佑真心中浮起了疑惑。竟然會覺得他可愛，真是眼睛有問題，腦袋有問題。

「……那個，剛才我說的話，你認真考慮一下吧！如果你沒辦法跟我交往，那我希望你至少同意來我家工作。取得執照需要兩年吧？這段期間我一定會讓你喜歡上我的。」

人見的手伸了過來，佑真被他緊緊握住手。人見的體溫一直很熱，這讓佑真明白，他沒有撒謊也不是開玩笑。兩年——在人見的老家工作。佑真所夢想的事如今有了真實感，他有種興奮的感覺，並且被焦躁的情緒給控制著。

「我現在也很喜歡你呀！」

他已經很喜歡人見了，還要怎麼做才好呢？

「我重說一次。我會讓你喜歡上我，想要獨占我的那種喜歡。」

人見露出苦笑，然後親了一下佑真的手背。這讓佑真心跳漏了一拍。這個宛如王子般的舉動非常有感覺。下次妄想的時候就借他用一下吧！

「嗯……那麼，我決定換工作了，請多多指教。」

佑真重新擺好正座的姿勢一說，人見立刻變成驚呆的表情。

佑真自己也搞不懂自己的想法，但是人見都說了這麼多，要是再不答應他有種失禮的感覺。實際上，人見今天的提案正中他的紅心。佑真看到人見好幾種他從沒見過的表情，而且當他以為再也見不到人見的時候，竟然得到了兩年的緩衝時間。雖然無法下定決心成為人見的老婆，但如果可以在人見身邊工作兩年，那佑真覺得換個工作也無妨。他也自覺現在的公司不適合他，就把人見的邀約看作是順水推舟就行了吧？

最重要的是，看不到人見的身影，對現在的自己來說太痛苦了。

「真的？你願意往前一步嗎？」

人見的眼睛充滿光采，握住佑真的手變得更用力。

「要不要當你老婆這件事先不談。畢竟沒有偶像的生活我沒辦法忍耐。」

佑真說得很直接，讓人見失望的垂下了肩。這跟人見希望的答案好像不一樣，但他似乎還是重新振作起來，露出靦腆的笑容。

「我好高興。我絕對會讓你喜歡上我的。」

感覺要被人見抱住，佑真連忙用手把他推回去。再繼續營造出甜蜜的氣氛就太危險了。他希望今天人見可以先回去。

——因為這樣，佑真的人生轉換至設想外的方向。雖然以後會變怎樣還是個謎，但之後依然可以欣賞到偶像的臉龐，此時此刻他沉浸在這樣的幸福裡。

3 祕境的溫泉場所

雖然決定換工作，但是到佑真真正辭職總共花了兩個月。理由是他接在人見後面辭職，公司人手不足，主管哀求他希望在補人進來之前可以多待一下。

順利離職是在十一月下旬這個日漸寒冷的時節。佑真與人見取得聯絡，把行囊裝進行李箱後出發。對於人見家的工作他提出包住的希望，雖然薪水比現在便宜，但由於衣著及食宿免費，所以反而是很好的條件。話雖如此，如果沒有人見的話，要住在公司的工作他應該就拒絕了吧。

（他說最近的公寓開車要兩個小時……）

人見老家的旅館所在之處，據說是在非常鄉下的地方。當初佑真還覺得人見說得很誇張，但是跟人見約好碰面的機場，讓佑真重新思考或許真的是個超級鄉下的地方。

佑真降落的機場是高知的龍馬機場，據說要從這裡開車數小時才會到。

「佑真！」

拉著行李箱在抵達大廳打轉，便聽到背後響起一個熟悉的聲音。

佑真一回頭，就看見身穿白色高領及合身牛仔褲的人見，揮著手朝他走近。人見辭職之後他們兩個月沒見了，那依然引人注目的美貌讓佑真心兒怦怦跳。人見真的就是俊美，高尚，神！隔了兩個月可以再次拜見他的尊容，真是太感動了。

「我好高興你願意過來！」

人見帶著靦腆的笑容抱住佑真。搭乘同一班飛機的女性兩人組，一面沉醉的看著人見一面走了過去。佑真一被抱住，身材高挑的人見就把下巴靠在他的頭上。如果佑真抱的人不是他，這個身高差就太萌了。

「行李我來拿吧！我帶你去車子那邊。」

人見笑得很開心，代替佑真拖起了行李。佑真一邊晃著背上的大背包，一邊跟人見並肩而行。

「伴手禮我買仙貝可以嗎？你媽媽是女將吧？關於我去工作的事，她怎麼說？」

回到老家的人見被旅館的工作追著跑，佑真跟他只能用信件聯繫，就算打電話也不通，而且人見也不跟他說旅館的細節。如果對方不是人見的話，他幾乎都要懷疑這是最新的詐騙手法了。

「我們旅館人手不足，所以她說得救了。你不用帶什麼伴手禮啦！」

人見一邊浮起苦笑一邊觀察著佑真的表情。

「我先跟你說，我媽有一點嚴厲，你不要在意。如果她跟你說了什麼或做了什麼討人厭的話，你要馬上跟我說喔！我會盡全力保護你的。」

被人見表情認真的這麼一說，佑真覺得這就像是電影裡的場景，令人怦然心動。

「沒關係。我基本上都不受主管喜歡。」

佑真開朗的笑著一說，結果人見一臉複雜的僵住了。他可能覺得佑真是在自我嘲諷。但這就是事實，佑真也無可奈何。他生下來就是這樣，跟拍馬屁或是阿諛奉承無緣的人。而且佑真無法撒謊的個性，讓他也被老師、前輩、課長或是部長罵了很多次。他已經習慣了，所以並不覺得這是個問題。

「比起這個，你跟我求婚的事，應該沒跟你媽媽說吧？這個比較會有問題……」

「我說了。這樣不好嗎？我有說得很正確喔！說我雖然求婚了，但是被保留。」

佑真驚訝的停下腳步，這時他們正好到達機場的停車場，人見剛拿出車子鑰匙。人見竟然說了啊……他一定會被當作眼中釘吧！兒子求婚的對象竟然是個男β，對於母親來說一定會覺得很震驚。既不能生小孩，又是他這種不會殘留在別人記憶中的土氣普男，應該會感到失望的。

「只能做好覺悟上了吧……是說，這是你的車？」

停在這裡的車是四輪驅動，讓佑真很驚訝。他以為人見開的車應該會是更流線型的車款，看來他猜錯了。

「嗯，快上去。我把行李箱放去後面喔！」

輕鬆的抱起行李箱，人見催促佑真坐進副駕駛座。這是佑真第一次坐四輪驅動的車，車體本身很高，看起來很粗獷，讓人心情浮躁。

「會花一點時間，你可以睡一下喔！」

坐進駕駛座的人見啟動著車說道。由於佑真搭的是一大早的班機，所以他有些睡眠不足，但在開車的人旁邊睡覺太不好意思了。而且從這個位置可以盡情觀賞人見帥氣的側臉，真是感謝上天。

「有點緊張耶……」

車子馳騁在寬廣的國道上，人見小聲的自言自語。

這個時候，佑真只是輕鬆的想著「人見會這麼說是因為開車載人吧！」，並沒有針對這句話想得太深入。

離開機場已經過了三個小時，佑真內心開始感到不安。車子逐漸往沒有住家的山路開去。雖然人見說會開幾個小時，但以為頂多兩小時的自己太天真了。由於他在東京長大，所以對於移動距離的知識太過貧乏。他太小看四國逐漸人口外流的深山了。人見說「那是四萬十川喔！」，佑真因此知道大概的地理位置了。

「人、人見……大概還要多久才會到啊？」

從車窗可以看見山中有猴子，佑真聲音顫抖的問著。這裡街燈很少，道路也都是彎路，上一秒以為是往山上去，下一秒卻又是往下開，這條路後面真的會有旅館嗎？

「大概再一個半小時吧……你中午應該有吃飽吧？」

加快車子的速度，人見這麼問著。

「嗯……你叫我一定要吃飽過來，所以我在機場吃了。」

原來那不是擔心他沒吃飯才這麼說，而是這路上真的沒有可以吃飯的店。意識到自己要前往偏僻的地方了，佑真揉了揉眼睛。由於沿路的景色都沒什麼變化，他開始想睡了。只有樹木及綠葉，住在這一帶的人要怎麼生活呢？

「傍晚前應該可以到。」

聽到人見說了一句嚇人的話，佑真不禁看了看手錶，現在快要四點了。他肚子是不餓，但如果想上廁所怎麼辦？

「旅館在這麼深山，會有遊客來嗎？」

在意的佑真提出了疑問，人見便一臉苦悶的陷入了沉默。

「你說過旅館很忙，所以應該不可能都沒人吧？」

很想知道之後工作的地方是怎樣的環境，佑真再度拋出疑問。人見瞄了一下佑真，然後「呼……」的嘆了口氣。

「……我們旅館，是一天只限定一組客人的旅館。」

人見有些難以啟齒的說道。只限定一組，他們是比較小而美的旅館嗎？之前人見說過旅館只接待特殊的客人，難道對象只有低調前往的富豪嗎？

「客人，嗯……其實還滿多的。預約好像已經到一年後了……」

「這很厲害耶！」

雖然不懂為何人見要一副難以啟齒的樣子，但如果經營狀況沒問題那就無所謂。

「還有，抱歉，其實我們旅館有一位名叫岡山先生的廚師，兩個月前骨折了。他目前還在住院中。所以在他出院之前，我們是只讓客人純住宿，因為沒有其他會料理的人。岡山先生十天後會回來。」

「這樣很糟糕吧？」

佑真睜大雙眼，感到非常驚訝。這種深山裡又沒有餐廳，只提供住宿可以嗎？但即使這樣客人還是想要住宿，原來是間這麼有魅力的旅館嗎？佑真的腦中越來越混亂。

「你們員工大約有幾位？」

從剛才一路問下來實在猜不出旅館的規模，佑真納悶的問道。

「……我跟我媽，還有當服務人員的姊姊……」

佑真「嗯嗯！」的點點頭。「還有呢？」他如此一問，人見便小聲的說「就這樣」。

「咦！就算把住院的那位算進來，也只有四個人嗎？加上我五個人？我是個門外漢耶，沒問題嗎？」

由於只限定一組客人，因此就算員工很少也忙得過來是嗎……佑真沒在旅館工作過所以不太清楚，但這就是所謂的家族企業嗎？像是民宿那種感覺？

「啊，這你放心。你很有膽量，所以我覺得沒問題。」

人見像是想起什麼似的笑了出來，這讓佑真更加在意。

「對了，那你爸爸……」

由於人見完全沒說到他的父親，所以佑真忍不住開口一問，人見便毫無遲疑的說：「我爸在我高中的時候去世了。」

「這樣啊！那你們很辛苦呢……」

佑真不知道人見的父親已經過世了。一想到人見完全沒顯露出這點努力到現在，佑真的眼中就充滿尊敬的光芒。也就是說，人見的母親是單親媽媽，是一位將人見撫養長大的偉大人物。

佑真越來越覺得自己這種一無是處的男人去了旅館會惹她討厭，而且是怎樣的報應自己的兒子才會喜歡土氣的β男。一般來說做媽媽的應該會拒絕自己來工作的事。還是他們真的缺人缺到連這樣都無法拒絕呢？

（真是搞不太懂……算了，如果真的很難熬，大不了辭職回東京吧？我也是因為這樣才保留公寓的租約。）

當佑真確定工作有提供住宿時，他有在煩惱要不要把原本住的公寓退租。可是他還不知道能不能融入新環境，而且工作會不會順利也是個未知數。因此佑真決定先暫時保留租約，如果新工作上了軌道再把租約中止。

一面在腦中想東想西的隨車晃動，佑真看了一下手錶，從機場離開已經四個小時以上。太陽漸漸低垂，四周的景色漸漸被夜晚包圍。

「起霧了……」

當注意力被染上緋紅的天空給吸引時，周圍開始被霧氣給覆蓋。霧氣漸漸擴散，連幾公尺外也被霧給包圍。

「咦，這樣沒問題嗎？完全看不到對向車耶！」

由於景色變得一片白，感到不安的佑真拿出手機，想用導航確認一下現在在哪裡。

「無訊號！」

很久沒見到的三個字令佑真大聲叫了出來。日本竟然還有無法使用手機的地方嗎！這讓他驚訝不已。

「這我習慣了，沒事的。」

人見不為所動的繼續開著車。佑真拜託他至少放慢一點速度，但卻被回說這樣到達的時間會變慢。若在鄉下生活應該對很多事早就司空見慣了，但第一次在這種大霧中移動的佑真感到陣陣冷汗，無法冷靜下來。道路變得越來越窄，天色也漸漸暗下，該不會就這樣進入異世界了吧？佑真甚至浮出這種不必要的妄想。

「再一下就要到了。」

人見露出微笑安撫著佑真。由於他說再一下，因此佑真原本期待應該是十分鐘左右吧，沒想到過了三十分鐘之後，依然沒有到達的跡象。

「吶、吶，人見……啊，霧散掉了……啊！」

霧散去之後視野變得清晰，佑真才剛感到安心，就注意到車子是開在一個極為狹窄的地方上。狹小山路讓四輪驅動的車子可以勉強通過，佑真從窗戶往外一看，發現他們正處於陡峭的山崖上。

「好、好可怕！要掉下去啦！」

車子行駛在連街燈都沒有的狹小山路，因此害怕的佑真發起抖來。這條道路險峻到只要方向盤的操作有任何一點閃失，他們就會跌落山崖。說起來這根本不是給車開的路。

「我沒有掉下去過，你不用擔心。」

人見握著方向盤，語氣輕快的說道。道路沒有鋪上水泥，車子因此搖晃得非常厲害。雖然車燈照著前方，但由於太陽已經完全落下，燈光下只看得見山路。感覺自己命在旦夕的縮在副駕駛座，佑真祈禱著看向前方。

突然有一道亮光進入眼中。是燈籠在黑暗山中閃爍的光芒。那就像是路標一樣，不斷的往山裡延伸而去。

「到了喔！」

人見踩下煞車，車子慢慢的停了下來。佑真鬆口氣的走下車，抬頭看向出現在眼前的巨大建築物。

「好厲害……超大間耶……」

從人見所說的話，佑真原本想像他家會是間小而美的旅館，但結果卻是一間十分有韻味的美麗旅館，讓人難以想像竟會建在如此深山中。入口是豎立著兩根柱子的冠木門，門後的石板路畫著弧線一路延伸。石板路旁邊點著燈的燈籠，一整排延續到旅館的玄關口。旅館本體是橫長式的純和風木造建築，屋頂鋪著瓦片。一整面牆壁都是黑色格子的花樣，營造出美術館般的氣氛。

人見把車停在建築物旁邊鋪有碎石的地方，然後就把行李箱拿出來，站在佑真身邊。看來這裡是停車場。

「這樣的旅館只有一組客人住宿，不會太可惜嗎？」

僅以外觀來看的話，這是間很大的旅館，大約可以讓十組客人住宿。為什麼只限定一組，佑真想不到原因。該不會是因為人手不足，所以不得已限定一組吧？

「不，一組就已經是極限了。」

人見面有難色的搖搖頭，拉著行李率先踏出了腳步。照人見所說，今晚沒有客人的樣子。佑真看向中庭，然後皺起了眉。中庭裡除了有池塘還有巨大的岩石，高聳的松樹豎立著，設計非常精緻。但無奈的是全都沒有好好維護。是沒有餘力花工夫在庭院上嗎？

兩人走在長長的石板路上，最後停在巨大的玄關大門面前。上面用優雅字體寫著「七星莊」。這是旅館的名字吧！人見把格子門往一旁滑去。

「我回來了。」

人見先行一步踏進了玄關入口。佑真緊張的一走進去，便看到旅館會有的玄關大廳。大廳本身非常寬闊，最右邊放著L型的沙發及桌子，左邊則是櫃檯，不知為何還放著一隻巨大的熊標本。大廳裡沒有旅館常有的花卉或是放置雜誌類的櫃子，牆上也完全沒有帶有廣告性質的海報。

「歡迎回來，蓮。」

有個人動作快速的從櫃檯後方出現。那是位約莫五十歲後半的女性，她的頭髮梳了起來，俐落的穿著土黃色的和服。佑真跟她四目相接的瞬間，她端正的五官以及眼尾上揚的眼睛，讓人明白她就是人見的母親。想必她年輕時一定是位大美人。

「初次見面。我是鈴木佑真。」

這位女將帶著估價般的眼神走近，佑真對著她九十度鞠躬打招呼。雖然有覺悟會立刻被說些挖苦的話，但女將把佑真從頭到腳仔細看了一遍，然後呵呵呵的笑了出來。

「你就是我兒子喜歡的人嗎？真是一塊上等的寶石啊！沒想到現在都市裡還有這樣的上等貨……」

女將帶著沙啞的嗓音說道，並拍了拍佑真的肩膀。上等寶石……？跟這個場合不搭軋的名詞讓佑真感到困惑，結果人見開心的笑了。

「是吧！沒有人像佑真這麼閃閃發亮的！」

人見又在說什麼發不發亮的。雖然佑真聽不懂怎麼回事，但不知他的母親是否聽懂了，兩人互相交換了一個眼神，這讓佑真覺得毛毛的。

「聽說你願意在我們這裡工作？我們真是忙到昏天暗地啊！明天開始就要拜託你了。詳細的事情你就問蓮吧！啊，都！」

聽到呼喚聲，一位穿著和服看起來約莫三十歲前半的女性，從左邊走廊前的樓梯走了下來。她應該是人見的姊姊、都吧！佑真很驚訝她比自己想像得還年長。都是位可愛的女性，短鮑勃伯頭的髮型，圓圓的眼睛。看來人見家裡似乎都是美男美女。

「嗯，你就是佑真啊？事情我從蓮那裡聽說了。我是都，請多指教喔！」

都如此說著，然後在佑真面前正座低下頭致意。佑真也慌張低頭致意。

「請、請多多指教！我是第一次做這類型的工作……」

「總之先進來吧！」

被女將用下巴示意，佑真連忙脫掉鞋子。不過女將的語氣好像大姊頭。這樣做服務業沒問題吧？

「我帶你去你房間。」

抱起佑真的行李箱，人見推著他的背。一樓聽說是廚房跟員工的房間。那二樓應該是客人的房間吧！穿過樓梯旁的走廊，佑真沒想到事情跟自己預想的不同，他回頭看了一下。不論女將或是都，都笑咪咪的歡迎著他。

（我還以為自己一定不受歡迎呢……原來她人很好啊！畢竟是人見的母親嘛！）

佑真原本繃緊的神經，總算輕鬆了不少。這樣的話，這裡的工作他應該做得下去。因為只要人際關係良好，應該大部分的工作就能克服。

「你的房間在這裡。你的隔壁是岡山先生的房間，雖然他現在不在。他隔壁是都的房間。」

人見在黑色的門前說道，然後打開了門。他一按下入口旁的開關，房間的電燈就亮了起來。房間大約是六個榻榻米大小的和室，櫥櫃裡有棉被、椅墊，以及被立起來的拆疊小矮桌。人見把行李廂放在牆邊，然後拉開了窗簾。時間已經六點多了，所以窗外只看得到蒼鬱茂盛的黑色樹林。聽說白天的時候經常會有狸貓出現。

「房間有點小，還可以接受嗎？這是鑰匙。」

人見從口袋拿出鑰匙，遞給了佑真。

「非常可以。我希望你能幫我介紹一下旅館。」

把行李放在地上之後，佑真脫下外套，一身輕便的說著。

他與人見一起離開房間，四處看著員工使用的洗手間及出入口、工具室。來到二樓之後，可以看到寬闊的宴會場地及客房並排著。這時佑真突然注意到了。這裡雖然限定一組客戶，但是並沒有人數限制。來住宿的似乎都是團客比較多，不只宴會場地很大，連大澡堂都很大。聽說也有露天溫泉，沒客人的時候員工也可以使用。

「我們家的賣點就是溫泉，所以你也盡量使用喔！聽說有美肌效果。」

「這也太棒了吧！」

可以每天免費泡溫泉，對於即將到來的寒冷季節真是太適合了。目前為止，佑真碰到的都是好事，但這反而讓他感到無法理解。因為人見時常一副難以啟齒的樣子，所以他一直覺得這裡會是個黑心職場。

「蓮，佑真，來吃晚餐吧！」

兩人四處參觀著館內時，都跑過來叫他們吃飯。這麼說起來，人見還沒帶他去看廚房。員工吃飯的地方也還沒有。

「晚餐吃烏龍麵，可以嗎？」

被都問著，佑真帶著笑臉點點頭。他聽說高知的烏龍麵很美味。真期待。

位於一樓的後場擺放著員工吃飯的桌子、置物櫃、放有旅館相關書籍的架子以及櫥櫃。後場最裡面有著所謂的雙向推門，那裡面就是廚房。女將正好把裝有四人份烏龍麵的大碗放在推車上，從廚房裡出來。

「來，久等了。」

把大碗放在桌子上的女將，滿臉通紅的呼了一聲。佑真在木製的椅子坐下，「謝謝」才說到一半他就睜大了雙眼。

這的確是烏龍麵。是烏龍麵沒錯，但是……

「請、請問……這是素烏龍麵？就只有這樣嗎？」

碗裡面只有冒著熱氣的烏龍麵。而且湯汁還是透明的。佑真原本以為這是釜揚烏龍麵，但是沒看到沾醬。還是雖然湯汁看起來透明，但其實有味道嗎？佑真一邊亂猜一邊在位子坐好。

「因為我只會水煮而已啊！」

說得很理所當然的女將合起雙手。由於人見跟都也同樣合起雙手，因此佑真也合起雙手然後拿起筷子。有多久沒吃素烏龍麵了……

「……沒有味道!!」

佑真吃了一口，當他回過神時他已經大叫出來了。說是素烏龍也太過分了，這只是把水煮過的烏龍麵丟進熱水的替代品而已。而且不知道是不是煮過頭，烏龍麵十分軟爛超級難吃。連熱水都溫溫的，讓人不禁懷疑這真的有煮滾嗎？沒多久熱氣也消失了。每咬一次，難吃的程度就更增加。

「很難吃吧……雖然吃得到小麥的味道……」

都也一副很難吃的在口中翻弄咀嚼著。

「比起太鹹好多了吧！昨天不是嘴巴裡一直好鹹，超痛苦的嗎？」

女將不悅的吸著烏龍麵。

「請、請問……沒有高湯之類的嗎？至少放顆蛋之類的……」

雖然肚子餓了，但是沒有味道的烏龍麵佑真實在吞不下去。佑真小心翼翼的問完後，三人同時茫然的看著他。

「佑真，我們真的不會煮菜。頂多只會煮熱水而已。」

人見一臉抱歉的說道。

「餐點都是岡山先生幫我們做的，所以我們只知道鹽跟糖的分別而已……」

都無精打采的坦白著。三十歲前半的女性不會煮菜不好吧……

「不過，聽說你會煮菜？這代表我們從明天開始可以吃到像樣的餐點吧？這真是拯救了我們，自從岡山先生住院後，我們都沒好好吃過飯了！」

女將一邊大力拍著桌子一邊笑了。看起來人見的母親倒還滿不拘小節的。

「可、可以帶我看一下廚房嗎？」

帶著不祥的預感，佑真站起了身。他推開門，環視著廚房。

「垃圾場啊！」

佑真會忍不住叫出聲也是無可奈何。廚房的情況非常悽慘。流理臺上積著一座骯髒的盤子山，火爐又黑又髒，寬大的不鏽鋼調理臺堆疊著髒鍋子及平底鍋，地上則是有白色粉末跟滴落的液體。不論哪個東西似乎都放了很久，全都乾掉且凝固了，看起來非常骯髒。

「我們一直在想改天要來打掃……」

人見聽起來有些羞恥的小聲說道。

「看到這個廚房，岡山先生會哭喔！」

都也羞紅了臉頰。

「如果有蟲跑出來，就得想辦法了呢！」

女將毫不在乎的大笑著。

——收回前言。他來到可怕的職場了。之後有辦法在這裡做下去嗎？佑真一面感到不安，一面在原地石化。

上班的第一天，佑真不靠鬧鐘就在早上五點醒了。不熟悉的天花板及牆壁，放著沒動的行李箱及背包。佑真一邊環視著這些東西，一邊把棉被折起來。他昨晚很早就睡了，為今天做準備。不論怎麼說，這實在是預料外的職場，以及預料外的同事，就連佑真都沒餘力去沉醉在偶像的幻想裡。

「好，重振精神加油吧！」

穿上昨天人見給的制服，佑真擺出認真的表情。關於這間旅館的制服，男性員工是深藍色的工作服，女性為朱紅色的和服，腳下穿的則是足袋。佑真穿上白色圍裙一離開房間，就正好碰到走在走廊上的人見。

「早安！很早呢！」

人見微笑的說道。穿著工作服的人見實在非常帥氣，讓佑真小鹿亂撞。不過，此時此刻的他，有個比偶像更重要的任務。

「早上的會議是七點，所以時間到了要去後場集合喔！」

「瞭解。早餐要怎麼辦？我也不太清楚是否哪裡還有食材。不過，我是覺得以那個廚房來說，現在什麼也做不了啦……」

想起昨晚目擊到那個充滿腐敗臭味的廚房，佑真發了個抖，環抱住自己的手臂。雖然不到有潔癖，但是佑真喜歡整潔。心想那個廚房一定得想個辦法，於是佑真今天很早就醒來了。

「最近都是吃果凍狀的營養補助食品。我媽買了超多回來。」

聽到人見不好意思的這麼說，覺得可憐的佑真感到一陣暈眩。「但話雖如此，這或許還比昨晚那難吃的烏龍麵來得好。」佑真重新想道。那真的是他人生史上最難吃的烏龍麵。

與人見一同前往廚房，做好決心之後佑真打開了門。雖然他祈求昨晚看到的只是一場夢，但就算在白天時看，髒的東西依然是髒的。

「這裡是冷藏庫，這個是冷凍庫。」

冷藏庫及冷凍庫是很像旅館業會有的大型商用款式。位於這種深山中無法時常採買，所以應該會囤很多食材吧！

「蔬菜……我想應該是這一堆吧！」

人見打開堆放在冷凍庫旁的紙箱，然後移開了視線。紙箱裡裝的是開始腐爛的馬鈴薯、洋蔥及葉子茂盛的紅蘿蔔。馬鈴薯可以放到腐爛也是很不得了。這樣浪費食物實在太過分了，真是黑心職場。

「咿啊！」

一打開大型冷凍庫，就看到豬肉以近似生前的姿態吊在那裡。佑真只看過盒裝的豬肉，因此嚇到發出了奇怪的聲音。豬肉雖然冰得硬邦邦還結了霜，但看起來應該還能吃。佑真接著打開了冷藏庫，裡面排放著乾癟的蔬菜、做了一半但已腐壞的料理、爛掉的水果，以及過期一個月以上的雞蛋。豆腐看起來形狀還算正常，佑真因此試聞了一下，但那刺鼻的酸味讓他差點陣亡。唯一只有味噌還正常，佑真心中湧起了希望。

「啊，今天會有食材的業者過來，可以麻煩你跟他買些必要的東西嗎？應該十點左右會有臺小發財車過來。」

人見像是突然想起似地說著，也讓佑真有種被拯救的感覺。

「……抱歉。我們是很糟糕的職場吧？我怕跟你說得太詳細你就會回去，所以一直說不出口……」

不知是否對四處尖叫的佑真感到抱歉，人見低下了頭。

「是啊！雖然強烈有種被騙的感覺，但我會把這當作工作的一環來努力。」

佑真老實的一說，人見就似乎很有趣的笑了出來。他應該沒說什麼好笑的話才對……

「我該去打掃了。等會見喔，佑真！」

人見看了一下手錶後離開了廚房。佑真大大的深呼吸，然後把他為了清潔廚房而事先準備的塑膠手套及口罩著裝完畢。幸好他為了保險起見有把這些東西放進行李箱。再嚴苛一點的話，他應該連護目鏡都帶來的，畢竟打掃時，常常會感受到清潔劑刺激的成分。

由於廚房裡有窗戶，佑真便將窗戶全部打開後開始打掃。他首先打開商業用的電鍋。如他所想，裡面還留有發霉的白飯。因為佑真已經預料到了，所以他放空的把內容物丟進垃圾袋。電鍋有三個大的和一個小型的家用尺寸。佑真把小型的家用電鍋清洗乾淨，然後把堆在廚房角落的白米取了出來。米平安無事，沒有長蟲。

（至少可以做個飯團吧？）

洗好米按下開關之後，電鍋確實的運作起來。為了做飯團當早餐，佑真尋找著食材。水槽下方的食材全都是過了賞味期限的，柴魚片看起來勉強可以使用。

早餐想吃點像樣的東西。帶著這種的想法，佑真一面等著飯煮好，一面開始洗起水槽裡堆積的碗盤。作為旅館有個洗碗機應該也不為過，但這裡似乎是用手洗的。為了騰出空間放洗好的盤子，佑真先把髒鍋子跟平底鍋放到地上避難。

當佑真把水槽堆疊的大量盤子洗完時，電鍋也響起音樂提醒飯煮好了。

（量還真是多……光洗東西就花了我一個小時。）

來不及進行到擦盤子的步驟，佑真決定先去把電鍋的蓋子打開。

「好，可以！」

由於一直被迫看到腐壞的東西，佑真還因此擔心飯是否可以成功煮好，幸好文明的便利工具並沒有背叛他。他從架上拿出鹽巴，把柴魚片跟醬油、芝麻混合，然後捏起了飯團。海苔只有大片的尺寸，佑真於是將海苔切成合適的大小包起飯團。他稍微多捏了一點飯團，並把它們排放在大一點的淺盤上。正好可以趕上開會時間。

「早安。」

佑真打開門探出臉，便看到女將、都還有人見都集合在後場的桌子旁。當佑真一把盤子端過去，盤上放著他剛捏好的飯團時，大家立刻眼睛都亮了。

「我只做得了這樣的東西，還請享用。」

佑真把盤子放到桌上，大家的手就同時伸了過來。

「好吃！」

「好好吃！」

「好久沒好好吃頓飯了呢！」

每個人都開心的露出笑容，狼吞虎嚥的大口吃著飯團。他們的模樣就像是得不到飯吃的小孩一樣。佑真煮菜從沒收過這麼大的迴響，眼前的光景讓他覺得胸口一陣萌。

「你挺厲害的嘛！就麻煩你照這樣繼續下去囉！」

女將大口吃著第三個飯團。佑真明明捏了很多個飯團，但由於連女性們都狂吃，所以一轉眼盤子就空了。大家應該都對能量果凍極度厭煩了吧！

「呼！早上果然就是要吃米飯。那麼我們差不多該開會了吧？」

女將邊抽著煙邊說。

「今天的客人是三點入住，總共十二位。目的是員工旅遊，預計四天三夜的行程。其中有希望按摩的客人在，都，麻煩妳了。」

「瞭解。」

今天會有多達十二位的客人來啊？人數這麼多，不提供餐點沒關係嗎？

「佑真，你完全不需要接待客人。絕對不要上來二樓喔！」

被人見眼神認真的說著，佑真雖然有點嚇到但還是點點頭。大概是因為要是外行人跑出來對客人招待不周會造成問題吧！不過員工旅遊而且三天都住在旅館，佑真心想這間公司感情還真好。

「那麼今天也一起努力吧！」

對於女將的喊話，佑真低下頭說著「請多多指教！」，開始了他的第一天上班日。

早上的時間，佑真都在被打掃追著跑。他先把所有盤子洗乾淨，最後還把盤子收進廚櫃。接下來他則是與鍋子和平底鍋上頑強的髒汙格鬥。不知道到底是拿鍋子做了什麼，有好幾個因為燒焦而無法再使用。絕對是那三個人當中的誰煮菜煮失敗吧！

在洗東西的途中，佑真透過窗戶看到了一臺小型發財車，於是他停下手邊工作跑了出去。

旅館的停車場停著一臺白色小型發財車。佑真連忙跑了過去，看到後車箱裝滿了紙箱。

「喔，沒看過你呢！」

從小發財車下來的，是位約莫二十歲出頭的年輕人。他戴著棒球帽，身穿刺繡棒球外套配上牛仔褲，給人一種他年少時一定是個不良少年的感覺。不僅頭髮染成金色，說話的語氣也吊兒郎當。

「我是新來的。現在負責廚房。」

佑真一介紹完自己，男子便目不轉睛的看著他，感覺挺有意思的摸著下巴。

「你竟然會想在這種像是鬼屋的地方工作啊？你還很年輕吧！應該跟我差不多吧？」

男子表情半是同情的說著，讓佑真感到有點納悶。

「鬼屋……？」

這裡的確像是幽幻之境會有的旅館，但把它說成鬼屋感覺有點說過頭了。

「啊，你什麼都還不知道啊！抱歉，抱歉。你當作沒聽到吧！」

不知道是不是因為佑真的態度讓男子察覺自己說溜嘴，他把帽子深深往下戴。該不會這間旅館在當地人眼中評價很差吧？

「你需要什麼呢？」

雖然很想詢問他有關鬼屋的詳細，但採買食材是優先順位。男子相繼打開了紙箱，將新鮮的食材呈現給佑真看。佑真一個接一個指了高麗菜、白菜、茄子、小黃瓜、南瓜，以及紅蘿蔔這些蔬菜。他主要選些可以耐放的蔬菜。感謝對方也有賣蛋。聽說這裡沒有的東西，只要拜託他下次他就會帶過來。

「謝謝惠顧。我每個星期二會過來，所以你拜託我的東西，下次我會帶來喔！」

佑真一用旅館給的錢包付著帳，男子便報上自己的名字「我叫做大和」。大和結完帳之後，便匆匆忙忙坐上小發財車離去。雖然很想多跟他問一下旅館的詳細，但看來只能留到下次了。

「新鮮的食材真棒啊！」

著迷的看了看裝在紙箱裡的食材，佑真將他買的東西搬到裡面。他在腦中思索著午餐要煮些什麼。

一回到髒鍋的世界，雖然心情就變得有點鬱悶，但心想這是為了煮一頓美味的午餐，佑真重新振作，埋頭打掃起來。

水槽在中午前變乾淨了。儘管還有髒鍋子堆積著，但至少自來水管的水可以順暢從水槽的排水孔流走，看著這模樣佑真覺得真舒暢。

打算午餐來煮味噌湯及炒飯，佑真把洗乾淨的鍋子放上火爐。廚房架上備有小魚乾跟昆布，這位名叫岡山的廚師應該是很嚴謹的性格吧！這裡完全沒有粉類的簡便高湯。

（好久沒有從高湯開始熬煮了呢！）

一邊使用蘿蔔跟洋蔥煮著味噌湯，佑真也一邊炒著炒飯用的食材。他現在煮菜時最困擾的就是菜刀。不知道是否因為很久沒使用了，切起來很鈍。看來等他有空時也得來磨一下刀吧！

「佑真，有什麼需要幫忙的嗎？」

不知是不是聞香而來，人見進到了廚房。

「喔，好厲害！廚房變好乾淨。」

注意到水槽的髒汙消失了，人見覺得十分感動。

「不，還早呢！地板也還很髒。你可以幫我裝味噌湯嗎？」

佑真擺動著平底鍋一說，人見便立刻拿起湯匙攪動著鍋子。當佑真把鹽巴及胡椒撒進炒飯的途中，人見看了一下房間的角落，然後嚇了一跳。佑真也跟著看了過去，那裡不知何時站著一個小男生，是個大約五、六歲，穿著棉襖背心的光頭小童。原本以為人見會跟他說話，但不知為何人見只是沉默的將味噌湯裝進碗裡。

（這裡有這麼小的孩子啊？）

由於人見不發一語，讓佑真有些在意的關掉了火。他煮的時候以為只需要做四人份，如果是五人份他就必須重新分配了。

「那個弟弟是誰？」

拿出五人份的盤子，佑真如此問道。

「咦!?佑真，你看得到童男嗎!?」

人見似乎很震驚的顫抖著聲音。也沒什麼看不看得到，他不是就站在那裡嗎？

「我分配成五人份比較好吧？那該不會是都小姐的孩子吧？」

若是人見的兄弟，那年齡差距也太大了，說不定是都的孩子？結果人見突然板起臉孔，制止住佑真的手。

「不用，四人份就夠了。」

人見眼神飄忽的小聲說道。小孩子的食物是另外有準備嗎？雖然佑真不太清楚，但既然人見說不需要，那就照原本預定的盛在四人份的盤子上吧！佑真把炒飯盛在盤子上，還附上他簡單做的沙拉。

「童男是什麼意思？」

一邊想著這個名字真奇怪，佑真一邊問著，結果人見卻像是很困擾的低下了頭。應該是名字裡有個「童」吧，但他的名字這麼難唸啊？

「……那個，我之後再跟你說。」

人見一臉苦惱的將味噌湯放在托盤上，然後端了出去。覺得納悶的佑真，端著裝有炒飯的盤子跟在人見的後面。

「哇！炒飯，看起來好好吃！」

女將跟都已經回到後場，對著端上來的料理眼睛一亮。雖然有點在意把小男孩留在廚房好嗎，但由於人見說「不用在意他」，佑真便在椅子坐下。大概有什麼隱情吧！

「我開動了。」

全部人雙手合十後開始吃起午餐。不論是女將或是都，兩人都「好好吃，好好吃！」的邊笑邊吃。

「就算是用同一種味噌，煮出來的味道還是跟岡山不一樣呢！」

被喝著味噌湯的女將這麼說，佑真露出了苦笑。

「我不太清楚岡山先生的味道，但如果有他的食譜，我可以做出類似他的味道。」

「喔？現在這樣就可以了啊！」

都笑咪咪的說道。女將似乎也不是想要抱怨，她「沒錯沒錯！」的點點頭。

「佑真，到晚上都不需要你幫忙，你去休息一下喔！」

被坐在旁邊的人見這麼說著，佑真表示謝意的說了聲「謝謝」。吃完午餐，佑真把髒盤子拿去水槽放著，結果就沒看到剛才那個小男孩了。他什麼時候離開的？該不會是鄰居的小孩吧？但說是鄰居，這附近好像沒看到什麼人家。

把髒盤子洗完之後，佑真從後門離開，打算休息一下。時節進入十二月，氣溫一口氣下降了許多。空氣冷颼颼的，天空也覆上厚厚的雲。一直以來佑真都住在車站附近的公寓，因此對於一整片綠色的景色尚未習慣。旅館似乎建在半山腰的地方，但由於山脊比視線還低，佑真可以得知海拔很高。

「呼——身體真痠痛。」

剛才都微彎著腰跟燒焦的鍋子奮鬥，因此佑真開始伸展。他把腰用力的向後彎，便看到剛才那個小男孩坐在庭院的樹根處。兩人的眼神一對上，小男孩便站起身跑了過來。

『叔叔，你是新來的嗎？』

突然被稱作叔叔，佑真臉色都白了。二十六歲的他還是第一次被叫做叔叔。從五、六歲的小朋友看來，自己已經算是中年人了嗎？

「哥哥是新來的喔！」

表情認真的訂正之後，佑真摸著小朋友的頭，粗粗的觸感真舒服。佑真想起以前常常拜託棒球社的朋友讓他摸一下頭。

『我們來玩吧。我一個人好無聊。』

被光頭小弟拉著手，佑真一面往後看，一面屈著身。

「只能一下下喔！要玩什麼？」

佑真疑惑的心想「稍微陪他一下應該可以吧？」，光頭小弟於是很開心的跳了起來。

『我們去池邊吧！去抓魚！』

握著佑真的手，光頭小弟跑了起來。苦笑著配合他的腳步，佑真一邊被他拉著，一邊踏入了森林之中。落葉堆得很高，每走一步就發出沙沙的聲音。走在有坡度的山路上，花了約三分鐘穿過樹林，便看到綠意盎然的樹叢間出現了一個水源。

「這與其說是池子，應該算是沼澤吧！」

對於光頭小弟帶自己來的地方，佑真做出了吐槽。裡面水很混濁，完全看不出有多深。蘆葦生長茂密，旁邊還立著一塊老舊的木板。上面寫著「危險，禁止下水」。

『裡面有魚。我想吃魚！』

光頭小弟放開佑真的手，飛快跑了起來。下一瞬間，他跳進池子中，濺起很大的水花。

「喂⁉」

完全沒想到他會在這個寒冷的天氣跳進池子，佑真高聲叫了出來。他連忙跑到池邊看著水。

（咦？什麼？什麼？在山上長大的話，就算這麼冷還是會跳進池子嗎？）

只有都市生活經驗的佑真，目瞪口呆的愣在當場。他找尋著光頭小弟的身影，但到處都沒看到他。

（該、該不會溺水了吧？還是這也是遊戲的一種？）

不明就裡的佑真一直左看右看，這時人見從背後喊出「佑真！」，大聲的叫著他。一回頭，便看到人見臉色大變的跑了過來。

「啊，幸好你來了！人見，剛才那個小孩子跳進池子裡面了，該不會溺水了……」

可靠的當地居民出現讓佑真感到安心，他跑向人見，便被一臉蒼白的人見給抱住。

「這個池子很危險，絕對不可以下去！」

被人見喘著氣大聲斥責，佑真不安了起來。

「不是，如果危險的話，那個小孩子不就……」

「那個小孩子不是活人！」

心繫那個掉進池裡的小孩，佑真一開口就被人見臉色嚇人的打斷。他呆了一下，看向了人見。他說……不是活人……？

「怎麼可能。不可能有那麼寫實又活生生的幽靈吧！」

人見認真的模樣讓佑真覺得有趣的笑了出來。佑真心想人見一定會附和他，但人見卻大大嘆了口氣給他看。

「我沒想到你可以這麼快看到。你昨天才來的。你說過你很常看漫畫，所以才會這麼敏銳嗎？還是你原本就有這樣的能力……」

人見搔了搔頭，坦白說道。

「呃，不是吧……騙人……」

佑真抽動著臉回頭看向池子，結果剛才的小男孩不知何時從池裡露出一張臉。佑真嚇了一跳往後，人見立刻擋在他的前面，瞪著那個光頭小弟。

「你要是敢對他出手，我會讓你很悽慘的。」

人見用著佑真沒聽過的聲音說道，既冰冷又低沉。光頭小弟像是瞧不起人似的吐著舌，然後潛入了池中。佑真也能夠理解了。沒有小孩會在這種寒冷的天氣，若無其事的潛入池中看著他們。

「走吧，佑真。還好我覺得在意的跑來這邊看看。」

環抱住佑真的肩膀，人見把他帶離池邊。佑真腦中一片混亂，無法思考。剛才的小男生，是幽靈那類的東西嗎？不是他自誇，雖然他喜歡這類的漫畫或是動畫，但還沒有實際看過幽靈。

「唔，你可以跟我說明一下嗎？我剛才該不會很危險吧？」

一直到看不見池子之前，人見的身體都很緊繃。看到他嚴肅的模樣，佑真可以理解這件事非同小可。

「你差點就被拉進池子裡了。雖然很抱歉，但你外出的時候跟我說一聲吧！這附近也有很多危險的東西。」

人見總算放開了佑真的肩膀，聲音低沉的小聲說道。

「你該不會在生氣吧？」

從剛才就一直低著頭的人見讓人介意，佑真戰戰兢兢的如此問道。人見像飛快的抬起頭，然後一直盯著佑真看。

「抱歉。是我不好，沒跟你說。我想說就算先告訴你，你也不會相信，於是就一直拖著打算改天再告訴你。」

人見垂下肩膀，握住了佑真的手。

「那個啊，我家旅館，有一點奇怪。」

人見有些難以啟齒的說著，佑真聽到後皺起了眉頭。

「有點奇怪是指？」

這麼說起來，那個開小發財車的年輕人好像也提到了「鬼屋」？

「我們是蓋在幽幻之境的旅館，所以顧客不是普通人。簡單來說，就是妖怪，之類的……」

人見一面像是猶豫的左右游移著視線，一面坦白說道。

「妖怪專門旅館……」

目不轉睛的盯著人見，佑真腦中頓時一片空白。「不不不，怎麼可能，這太好笑了！」他原本想這麼說，但一看到臉色沉重的人見，他就說不出口。人見好像是說認真的。儘管佑真心想怎麼可能有這麼蠢的事情，但另一方面又可以理解。「原來如此，所以明明身處在這種深山裡，客人卻可以只住宿不吃飯啊！」

「唔——嗯……」

不知道該做出什麼反應，佑真閉上了眼睛。雖然他剛才的確有遇到那個臉色很差的光頭小孩，但「妖怪專門旅館」這種東西還是讓人難以相信。話雖如此，若要把這件事當作謊話一笑置之，人見的態度卻又太過認真，看起來不像是在說謊。

「可是我沒看過幽靈。妖怪這種東西，我以為只存在於二次元……」

這件事情太過離奇，實在難以馬上接受，佑真好不容易才擠出這句話。

「也是啦！是說，我剛才也講了，我沒想到你可以這麼快看見，所以我也很意外。一般人也要半年左右才能看見……剛才發現你可以看到童男的時候，我就應該提醒你的。但這種事情，正常不會有人相信的，我怕被你笑或是看不起，所以想說又不敢說。」

不知是不是在反省，人見一副垂頭喪氣的樣子。原來是這樣，他很不安啊！理解了人見的心情，為了人見，佑真決定積極理解他說的事。

「有沒有更明確可以一看就瞭解的案例？我現在還是有點半信半疑。」

輕拍著人見的後背，佑真如此提案。人見像是突然想起什麼似的抬起頭，拉住佑真的手。

「今天正好有客人會來，你說不定已經可以看見它們了。」

人見如此說著，拉起佑真的手。佑真被帶去的地方是正面玄關旁的樓梯後方。人見叫他躲起來，於是他屈身躲在樓梯後方。

「從這裡應該看得到客人，你躲起來看吧！」

被人見語氣堅定的這麼說，佑真屈身窺視著正面玄關。女將跟都從裡面出來，慌慌張張的打開正面玄關的門。可以聽見旅館外面傳來熱鬧的聲音。今天投宿的客人應該是十二人的團體。照著人見所說的偷看正面玄關，便看到女將、都跟人見齊聲說道：「歡迎光臨，恭候各位大駕多時！」

佑真聽到不熟悉的「噗唷噗唷」聲，那就像是有黏性的球在彈跳的聲音。那是什麼聲音啊？覺得奇怪而定睛一看的佑真——當場呆住了。

巨大的史萊姆從玄關進來了。

黃色、綠色、白色、紅色，各種顏色的史萊姆，一邊上下跳著一邊進入旅館。

（什、什、什麼!!）

太過衝擊的畫面，讓佑真甚至忘了呼吸，他像顆石頭般僵硬在樓梯後方。人見一行人表情淡然的向史萊姆們鞠躬行禮，說著「請進」將它們引導入內。仔細一看，史萊姆有著兩個像是眼睛的黑點，以及一個像是嘴巴的空洞。跟著女將的帶領，史萊姆們隨著樓梯而上。

佑真在樓梯後方失去了意識。

這裡竟然真的是妖怪專門旅館。他來到一個不得了的地方了。

本命是α

4 妖怪專門旅館

佑真會重新恢復意識，是因為被人見拍了拍臉。人見在接待客人的空檔跑下了樓梯。佑真意識矇矓的看向人見，便被他鬆了口氣似的緊緊抱住。佑真似乎是因為腦袋跟不上太難理解的畫面而因此短路。

「你在房間休息一下比較好。」

人見一如此說完，就立刻打橫抱起佑真，把他送到房間。沒想到會被公主抱，佑真整個清醒過來。竟然可以自然而然做出這種舉動，人見真是有王子的氣質。

回到房間後，人見便手腳俐落的鋪好床鋪，把佑真塞了進去。雖然覺得自己已經沒事了，但人見看起來很擔心，於是佑真還是躺了下來。

「我說的事情，你可以理解了嗎？」

一面正坐一面觀察著佑真的表情，人見如此問道。佑真想起了失去意識前看到的史萊姆妖怪。有種令人毛骨悚然、不舒服的獨特感覺。他的大腦做出抗拒，無法深入思考。那種東西竟然是實際存在的。

「喔、喔喔……當作是在玩一個在妖怪專門旅館工作的ＶＲ遊戲就好了吧！」

佑真試著以容易理解的範圍來思考。畢竟要是想得太過認真，腦中會變成一片混亂。幻想這種事他很在行，而且也知道很多妖怪的漫畫跟動畫。只要把自己代入就可以了。

「ＶＲ……？」

這次換人見變得很訝異。

「你完全不需要招待客人。你不用從廚房出來，我不會讓你遇上危險的。就算有妖怪像剛才的童男跟你搭話，你也要無視它們喔！」

「童男是什麼啊？」

佑真還無法全盤接受妖怪這種一直以來都是架空的存在，他於是問著這種無關緊要的問題。

「那是我自己取的暱稱。我把小男童的靈魂叫做童男，女童則是童女。」

微紅著臉的人見說道。竟然是孩童的「童」啊……看來人見沒有取名的能力。那個小男孩想要把佑真拉進沼澤。據說這裡有許多一不小心，就會遭受危險的族群。這其實是個危險的工作職場吧？昨天佑真因為不同的原因覺得旅館是黑心職場，但今天則是因為不同的原因感覺到危險相伴。

（人見是在這種世界裡成長的啊！所以才會跟別人不一樣。）

不論是在公司或是酒席上，很多人都說人見有種不食人間煙火的感覺，原來那是因為人見一直以來成長的環境很特別。

（唔，不過有點萌。不，是超萌的。人見真的好像漫畫裡的男主角喔！面對妖怪也絲毫不害怕，淡然自若的服務態度，這一點超像男主角的。）

一妄想起人見的過去，臉上就忍不住露出笑容，佑真拚了命的克制自己。雖然開口說要回去東京很簡單，但他想在這個奇異的世界再多欣賞人見一點。他感覺這裡會有一輩子幻想不完的人見萌物語。

「我想可能會花上一點時間來習慣，但我會努力的。」

佑真露出了微笑說道。下一秒人見顫抖著身體，抱住了佑真。人見滿臉通紅，佑真可以透過被他擁抱的肌膚感受到他的感激。不懂他為何突然情緒這麼高漲，佑真睜大了雙眼。

「……太好了。我還以為你會說要回去。」

人見用手捧住佑真的雙頰，然後強吻了他。突然的吻讓佑真嚇了一跳，手腳變得僵硬。人見似乎很害怕被佑真討厭。來的隔天就打道回府，這種事太浪費交通費，他才辦不到。雖然在想要不要這樣跟人見說，但是當下的氣氛很甜蜜，佑真決定閉上嘴巴。現在應該不是講這個的時間點。

「嗯……」

人見總算離開佑真的雙唇，感到極度害臊的佑真拉起了棉被。

「你還有工作吧！我也休息一下就去準備晚餐。」

他還不習慣跟人見接吻。為了掩飾自己的害臊，佑真翻過了身。

「晚上我會弄個麵吃，你繼續睡沒關係喔！」

人見看起來很高興的說道，然後摸了摸佑真的頭髮。人見離開之際，被他親了一下頭髮的佑真，用著奇怪的聲音「啊！」的叫了出來。這種小動作如果不是對自己，而是對其他可愛的女生做，那他就萌死了。

（不過，妖怪啊——竟然會有那種像是史萊姆的生物啊……）

看著天花板，想著二樓的史萊姆們是否在休息，佑真浮出一種奇妙的感覺。決定不要想得那麼深，佑真閉上了眼睛。

當佑真注意到時，他已睡了好幾個小時，醒來已經過了晚上八點。他爬下床鋪，一邊整理睡亂的頭髮，一邊前往後場。說著「打擾了！」，佑真走進後場，便看到手肘靠在桌子上看電視的都回過頭來。

「啊，佑真。」

後場的桌上疊放著吃完的泡碗麵。房間裡只有都跟女將。人見聽說是被客人叫去二樓了。因為人見說要弄麵吃，佑真還以為他是要用鍋子煮，原來是吃泡麵啊……

「聽說你昏到了？不過你竟然可以這麼快看見，真有天分呢——我朋友來這裡打過半年的工，但到最後都還是看不見耶？我朋友覺得超不可思議，旅館明明沒有客人，為什麼都不會倒。」

都邊啃著煎餅邊笑。

「嗯，因為這孩子很特別嘛！我沒看過這麼漂亮的孩子。」

女將抿著嘴笑道。

「漂亮……？」

她們是在說誰的事啊？佑真東張西望著。

「我長得超普通又帶點土氣耶？」

這麼說起來，一開始跟女將見面的時候，她也說自己是上等的寶石。她是哪裡搞錯了吧！佑真皺起了眉。

「我不是在說你的外表。你這張臉啊，一般般。我一看就知道了。」

女將呵呵呵的笑了。佑真的嬸嬸也是會像這樣笑的人。人很好，但個性粗枝大葉，舉止隨便。佑真好像可以理解人見為什麼會說女將很難相處。

「我是在說你的靈魂。」

被女將一臉得意的說著，佑真更加感到困惑了。靈魂……雖然佑真腦中可以勉強轉換過來這裡是間妖怪專門旅館，但靈魂什麼的，這一類的事他還是無法理解。

「喔……」

佑真沒什麼興趣的回答之後，女將一副很好笑的用手肘戳了戳都。

「這孩子八成不會撒謊。都，妳快試看看跟他說一些讓人為難的問題。」

被女將高興的這麼說著，佑真嚇一跳的往後退。佑真的確是不會撒謊。為什麼馬上就被女將發現了呢？

「唔——那，你對我的印象是什麼？如果以戀愛對象來看的話？」

都滿懷期待的問著。

「印象……眼睛大大的，屬於可愛型的女性。以戀愛對象來看的話年紀太大我無法。」

佑真忍不住一說出真心話，都立刻生氣的嘟起嘴，女將則是拍著桌大笑。

糟糕。他都還不知道都的年紀，就靠猜測這麼說了。

「我才三十二歲耶！」

表現出怒氣的都，把煎餅一咬而碎。實在說不出這跟自己預想的年齡一樣，佑真冒起了冷汗。

「妳看，這孩子的場面話跟內心話是一樣的。所以他的靈魂才會這麼漂亮的發著光。我說你，這種性格在都市很難生存吧？」

「啊，喔……嗯……」

女將的視線突然變得嚇人，佑真因此後退了幾步。這個女將是看得見什麼呢？這麼說起來，感覺人見也說過什麼奇怪的話。這對母子，是看得到什麼一般人所看不到的特別證明嗎？

「佑真，你也吃泡麵嗎？這裡有很多喔！」

不知道都是否為不記仇的人，她完全轉換成笑臉，把紙箱打開給佑真看。裡面有著大量的杯麵。佑真拿出海鮮口味的杯麵，從火爐上冒著熱氣的茶壺倒進熱水。

當佑真開始吸麵的時候，人見回到後場：「有一位客人把紙門弄破了……」他帶著疲憊的神情說道。

「佑真，你已經沒事了嗎？」

被人見擔心的問著，佑真一邊咬著麵一邊點點頭。

「對了，你們要面對那種妖怪，都不會碰到危險嗎？」

突然有點在意的佑真一問，女將、人見及都則互相你看我我看你。

「已經算習慣了吧？因為好像從很久以前就決定我們家族要守護這間旅館。」

都聳著肩說道。原來如此，接待妖怪的家族。這是經常會有的設定。

「蓮都把媳婦候選人帶來了，都，妳也差不多該找個好男人了啦！再這樣下去，旅館就要因為後繼者不夠而關門了。」

女將橫眉怒目的對都說道。後繼者竟然會不夠，看來旅館的今後不太樂觀。

「妳好囉嗦喔，媽。我也是有很多原因的啦！」

都語氣煩躁的說著。

「除了我，沒有人會像這樣囉嗦的唸妳吧！」

看來結婚這件事，在都跟女將之間是個敏感話題。

「那個，比起媳婦候選人，我希望妳們能把我看作員工……」

雖然小聲的插著嘴，但佑真的發言完全被無視，都跟女將開始吵起了架。

絕對不能牽扯進女性的爭吵，這是鈴木家的家訓。佑真連忙把杯麵吃完，跟著人見一起離開了後場。

「抱歉啊，那兩個人感情好過頭，經常會變那樣。」

被看到家裡丟臉的一面，不知道是不是因此讓人見覺得羞恥，他用雙手捂住了臉。這一家人感情好到會吵架。這不是很好嗎？佑真拍拍人見的背。

「我打掃一下喔！」

人見似乎在意起大廳地上的汙漬，他拿出拖把開始清理。仔細一看，地上殘留著那些史萊姆通過的痕跡，是有些黏黏的液體。

「那個妖怪……叫做什麼啊？」

佑真知道的妖怪，只有長頸妖怪或是河童這種經常聽到的類型。

「住宿名簿上是有請它們寫名字，但我也不會唸。不過我爸爸倒是很熟悉妖怪。有些發音很難的。它們的目的是來泡這間旅館的溫泉，我想現在大浴場應該擠滿了史萊姆。據說不論是什麼問題，這裡的溫泉都能滋養強壯、回復疲勞，連受傷也可以立刻治好。」

「妖怪也會疲勞跟受傷啊……」

感慨萬分的佑真，看著擺動著拖把的人見。帥哥打掃的身影真是太讚了。時不時可以窺見的手腕青筋，讓人覺得很萌。

「……我說啊，我沒辦法生小孩，就算我決定跟你結婚，後繼者不足的問題也無法解決吧？」

看到默默打掃的人見，佑真突然湧出一股煩悶感，於是如此開口問道。不想跟人見這個偶像分開而來到了這裡，但照現在這個狀況，他只是給人見一個希望讓他枯等，這不是在浪費人見寶貴的時間嗎？佑真如此在意著。從女將跟都的爭吵聽起來，女將很想抱孫子。這樣的女將為什麼不會刻薄對佑真雖然是個謎，但一想到今後的事，佑真在意的是自己其實不適合人見吧！

「咦？你不用擔心這種事啦！後繼者拜託姊姊努力就好啦！」

人見似乎很驚訝的說道，他把拖把收好後走了過來。他剛才的語氣很有做人弟弟的感覺，佑真笑了出來。

「聽我說，佑真。我在東京待了三年左右……」

拉起佑真的手，人見走向大廳的角落。聽說人見大學畢業後是在這間旅館工作，但因為女將叫他找個老婆來，所以他就在東京有名的飯店工作了兩年左右。那之後他在旅行社工作了一年，所以聽他說他在東京待了三年。

「你學校一直是唸這裡的嗎？我們同一間國小吧？」

從腦袋抓出過往的記憶，佑真感到了疑惑。佑真的老家是神奈川縣。也就是說，那個時候人見應該也在神奈川。

「我那時因為妖怪的事碰上危險，所以小學期間就離開這裡生活，跟我爸爸一起住在神奈川。國中到大學則是一直在這裡。」

「是喔——抱歉，我不太記得小學的你了。但我倒是記得有一個長得很漂亮的男生。」

佑真語帶懊悔的說道。那個時候他還是個小孩子，對於俊男美女的興趣沒有像現在這麼狂熱。

「畢竟我國小的時候很害羞嘛！光是要黏在你旁邊就已經是我的極限了。甚至連我國中要回家鄉的事都說不出口。」

人見紅著臉說著。

「原來是這樣啊！不過你在學校很受歡迎吧？好想聽你受歡迎的事蹟喔！」

佑真痴迷的一說，人見便頓時無力的垂下了肩。

「唔嗯……我的確很常被告白，也常常被拉去聯誼。我想說的不是這個，也就是說，長時間下來我看過各式各樣的人，但是都沒有人像你這麼吸引我。」

人見用著認真的口吻，佑真被他握住手，「咦？」的皺起了眉頭。

「你是在正常理智下說的嗎？我是屬於中下的人耶？」

「我就說了那是你不懂。對我來說，你是屬於上之上的特級啦！」

就算人見如此強調，佑真還是只能露出一個乾笑。

「你已經瞭解到我家很特殊了吧？」

人見像是困擾的看向天花板。

「我眼中看到的人跟一般不一樣。簡單來說，就是會依照那個人過去所有說謊的次數，而看到混濁的黑色。」

「咦!?」

這句意料之外的發言，讓佑真大聲叫了出來。剛才女將也不知為何可以看出佑真是不會撒謊的人。沒想到人見也有類似的能力？

「這、這麼說起來，你說過花井小姐很腹黑吧……？」

從以前到現在，人見說過的話像是走馬燈一般的甦醒，佑真當場僵住了。

「嗯，她說謊就像呼吸一樣，所以是全黑的，很可怕。大家多少都有點汙穢。但是你不一樣。你不只是完全沒有髒汙，還閃閃發著光。」

被人見害臊的說著，佑真錯愕的跪了下來。

「你、你該不會是真的喜歡我吧……!?」

雖然有點晚了，但所有的事情都可以理解了，佑真顫抖著聲音問道。

「我一開始就這麼說了。不然我也不會跟你求婚吧？」

人見語帶怒氣的說道，佑真被他拉起了身子。他腦中一片空白的呆住了。

雖然自覺人見對自己有好感，但不太理解好感由何而來的佑真，因此始終半信半疑著。如果自己是因為不說謊話而發光，那麼他會吸引人見的目光也是很正常的。人見會喜歡他也是理所當然的。之前一直以為人見是有什麼迷惘才會喜歡自己，但聽人見說出這麼明確的理由，佑真全身都羞紅了起來。

「咦——哇——哇——!!」

突如其來的告白讓佑真發出奇怪的叫聲，讓人見嚇了一跳。自己現在應該連耳朵都紅了吧！因為人見真的喜歡我！

「等一下，等一下！你手放開一下！我真的超害羞的！」

連跟人見牽手都開始感到害羞，佑真用力甩著兩人交握的手。他一直認為不會說謊這點對自己來說或許是扣分，但絕對不可能加分。這樣自己就不能當個普通人，就會變成不普通的自己了。一直以來自己在人見眼裡不知是什麼模樣？要是有洞他真想鑽下去。

「咦？不，我當然不會放手。佑真，你臉紅紅的好可愛。」

人見雖然有些困惑，但還是把佑真的手緊緊握著。

「你！真的，喜歡我……」

之前半信半疑所聽的事情，竟然全部都是真的。自己不知道是開心、害怕、還是害羞，搞不清楚的佑真感到一陣混亂。腦袋熱的像是要沸騰了。

「你真的很特別呢！你總算懂我說的了？我才沒騙你呢！所以國小的時候也是，我想跟你當好朋友，因此常常找你說話吧？搞不好我從那個時候就喜歡你了。我之前也說了，我在東京的飯店工作，我媽跟我說如果找不到老婆就回來。因為旅館人手不足，我本來是真的打算回來的。但是我在旅行社找到了你，於是，我下定決心一定要跟這個人結婚，就正好趕上旅行社需要工作經驗的職缺。愛情的力量真厲害呢！連我自己都覺得噁心。不過，那之後我自己是覺得有在追求你，但你好像完全沒有發現。」

「原來是這麼回事！」

佑真害羞過了頭，雙眼溼潤的大喊著。

「咿咿咿！這、這真是……比看到妖怪的時候還震驚……」

聽人見說了許多內情，佑真身體發燙到腦袋快要冒煙。這不是一時的錯覺。人見是真的喜歡自己，才跟自己求婚。

「唔，所以，我們回歸主題，生孩子這種事情一點也不重要。我希望可以跟你在一起，直到生命結束。」

帶著微微泛紅的臉頰，人見溫柔的輕聲說道。腦中一片空白的佑真，雙腳在顫抖著。他想要一個人思考一下。他一直以為會以平凡的身分過完一生，從來沒想過會以這種方式被擠出平凡人生。

雖然難以置信，但是現在，自己變成故事的男主角了。

突然打在自己身上的聚光燈太過刺眼，佑真只能感到無助的迷惘。

史萊姆客人在第四天的中午左右，一邊發出「噗唷噗唷」的奇怪聲響一邊離開了。它們回去之後，佑真看了一下大浴場，地上的瓷磚或是浴槽都沾滿了黏答答的液體。接下來女將、都還有人見好像要三個人一起打掃溫泉，佑真雖然自告奮勇要幫忙，但卻被說比起打掃，準備一頓美味的晚餐會更讓他們開心。

中午前佑真在努力打掃廚房的地板。大致上的清掃都已完成，再來只要把地板弄乾淨就告一段落了。他把所有料理器具清洗乾淨，歸回原來的位置。這樣看起來，感覺有變成一間像樣的廚房了。佑真接著把超過保存期限的食材全部丟掉，將冷藏庫及存放食材的架子清空。因為骨折而休假中的岡山，不知道他的個性是否不太勤奮整理，很多過期的食物都沒丟掉。佑真記下不足的食材，等下他得來訂個貨。廢棄物收集業者的車不會開來這樣的深山裡，所以垃圾必須開車到山腳下丟。

「這裡變得很乾淨耶！」

當佑真在煮午餐用的蕎麥麵時，女將模樣疲憊的走了進來，臉上露出笑容。

「要幫妳泡杯茶嗎？」

看她因為打掃溫泉而筋疲力盡的樣子，佑真一邊燒著茶壺一邊問道。

「拜託了。還有，今天晚上投宿的客人非常喜歡甜食，你能幫忙做點什麼嗎？」

受到女將的請託，佑真認真思考著。

照理來說，沒有任何執照的佑真是不能煮菜給客人吃的，但是對方是妖怪。

「饅頭的話我會做。正好也有紅豆餡。」

佑真拿出低筋麵粉這麼一說，女將馬上變成笑臉。

「不錯耶，那我的分也拜託啦！數量啊，大概二十個就可以了。」

比想像還多的數量讓佑真有些畏縮，但他還是點點頭表示瞭解。

（妖怪的味覺不知道怎樣耶……）

女將離開之後，佑真一面拌著放進碗裡的麵粉，一面煩惱著。既然女將也要吃，那口味跟人吃的差不多就可以了吧，佑真於是開始做起麵團。由於已經有罐裝的內餡，佑真只要把內餡包進麵團揉圓蒸一下就可以了，非常簡單。不過他只找到一個蒸籠，所以必須分好幾次不斷的蒸。

在蒸饅頭的期間佑真發著呆，結果腦中不知不覺回放起前幾天人見的告白。光是回想就讓他極度坐立難安，無法冷靜。那之後每次見到人見，佑真跟他打招呼都很不自然。

「啊，你在做饅頭嗎？」

蒸完之後，佑真一把饅頭從盤子取出來，人見就出現在廚房。明明常常看到人見，但佑真還是嚇了一跳，臉也變得發燙。

「喔，嗯！女將拜託我的……要吃一個嗎？」

說服自己臉會變燙是因為蒸氣的佑真，如此回答著人見。人見面露喜悅的站在他身邊，看著盤子上並排的饅頭。兩人的手突然碰在一起，佑真無意識的抽開身。結果，人見用手捂住了嘴巴。

「怎、怎樣？」

被人見一副想說些什麼的盯著看，不敢對上他視線的佑真，扯出一個抖動的笑容。

「你真的很怪呢！」

人見感慨萬分的說著，讓佑真覺得疑惑。怪……？

「自從上次之後，你突然開始在意我了呢！」

被人見一語道破，佑真差點以為心臟要從嘴巴跳出來，他變得面紅耳赤。

「才、才沒有！」

「我之前也有跟你求婚或是親你，但那個時候你還很正常，結果我昨天的告白突然讓你開始在意我。不過，我是很高興總算能讓你在意我了。」

人見像是忍著笑的說道，然後拿起了一個饅頭。可能是因為饅頭還很燙，他一邊兩手交互拿著饅頭，一邊大口咬著饅頭。

「剛蒸好的好好吃喔！」

臉上滿是笑容的人見津津有味吃著自己的饅頭，這讓佑真萌到心都痛了。他的臉燙到幾乎懷疑自己從那次之後是不是得了臉紅症。

「欸……可能我之前沒有很認真聽你說話吧！」

看著人見就感覺身體好像會變得更燙，佑真邊擦著自己臉頰邊小聲說道。

「太過分了吧？」

人見像是受到衝擊的合不攏嘴。

「因為你對我來說，就是不同次元的存在啊！」

為了試味道而抓起一個饅頭，佑真低著頭說道。其實他很想看人見的臉，太過害羞的他實在無法直視。這簡直就像墜入情網的少女一樣。

「我們在同一間公司上班吧？呃，這是什麼意思？我是在二次元裡面嗎？」

「以某方面來講，就是這個意思。」

似乎無法理解佑真的發言，人見表現出不知所措的樣子。人見一定無法理解吧！對自己來說，就算人見離他很近，他的存在還是像出現在電視上的藝人一樣。就算被人見告白也還是沒有實感，只覺得那是人見產生出某種迷惘，會隨著時間經過而消失、一時的錯覺。而聽到人見說他看人的方式跟別人不一樣，佑真才知道人見的心意是真的。

那個時候，佑真突然察覺到自己跟人見是生活在同個世界。

「抱歉。我跟你在一起就會心跳加速沒辦法專心做事，你吃完的話可以去別的地方嗎？」

佑真表情認真的一說完，人見就用手扶住額頭，大大的往後仰。人見的表情很奇怪，似乎是在忍笑的表情。

「我知道了。那個，下星期天我也休息，要不要去哪裡走走？我想帶你去些好地方。」

人見快速的轉過身說道。這附近佑真的確還不熟。如果跑進山中一定會迷路。

「嗯，麻煩了。」

「那麼決定了。我們來約會吧！」

「約……！」

完全沒想到約會這檔事，佑真高聲叫了出來。人見再次轉向他，伸出修長的手臂，緊緊抱住他。聞著人見的味道，佑真的臉頰再次冒出火來。

「那我走囉！」

當佑真一慌張的亂動，人見就放開了手，帶著爽朗的笑容離開廚房。人見離去之後，佑真感覺像是鬆了一口氣，但又覺得好像有點寂寞，心情變得很奇怪。糟糕。他的情緒在搖擺不定。

（我以前還真能跟他一起去吃飯啊……）

佑真開始不懂為什麼以前可以自在的待在人見旁邊，現在他腦中全是人見的身影。拚了命想把人見從腦中趕出，佑真努力的做著饅頭。雖然女將說只要二十個，但保險起見還是多做一點，佑真開始動手。

（一直以來……我看人見，就像是在看電視上的人一樣……所以才能著迷的看著他。當我發現自己跟他位處同個地方，就沒辦法再陶醉的看著他了。）

雖然佑真其實很想看人見俊美的臉龐，但光是想到他也會注視自己，佑真就無法保持平常心。連作夢都沒想到自己會變成這種心情。

不知道是不是因為心裡浮躁的緣故，當佑真回過神來，他已經做了大量的饅頭。這些也無法久放，所以佑真乾脆全部放進蒸籠裡去蒸。突然感覺到視線的佑真往後一看，不知何時有個小女孩站在那裡。那是個大約七、八歲，留著妹妹頭，穿著紅色和服的小孩。

（啊，糟糕，是童女嗎⁉）

不合時代的裝扮，讓佑真明白又有妖怪出現了。雖然人見叫他就算看到也要裝做無視，但他剛才不夠小心，確確實實的盯著她看了。

『我想要那個！』

小女孩指著饅頭說道。被一張天真的小臉央求，佑真慌張的想著該怎麼辦。可以給她嗎？

『……不行嗎？』

被她模樣失望的說著，胸口感到微微刺痛的佑真拿起一個饅頭。

EISHIN

「請。」

雖然心想這樣可能不好，但佑還是把饅頭給小女孩。小女孩的表情瞬間亮了起來，雙手拿著饅頭跑走了。

（嗯？剛才的該不會是人……？還是妖怪？完全分不出來。看起來很清楚又真實啊！）

雖然有點在意，但心想等下問人見就好了，佑真繼續蒸著剩下的饅頭。

來七星莊已經十天了，佑真漸漸習慣了這個環境。可能是因為員工數很少，沒有人際關係的壓力對佑真來說是非常感激的。女將雖然說話方式有點粗魯但不是壞人，而都很溫柔，人見則是經常顧慮他。工作也只要做自己喜歡的烹飪就能賺錢，這對佑真來說是非常輕鬆的職場。他開始覺得照這個情況的話，或許可以把東京的房子退掉。

「佑真，抱歉，幫我搬一下東西！」

這一天，人見出去採買食材，被都招招手的佑真來到了中庭。由於男性勞動力不足，她好像希望佑真幫忙搬重物。雖然不知道用處，但佑真被拜託把十根切成約一公尺長的竹子，搬到宴會場地。沒辦法一次搬完，所以佑真先把幾根竹子扛在肩上。一來到二樓的宴會場，就看到裡面的房間有五位穿著和服的男性在玩花牌。

佑真會忍不住發出聲音，是因為他們雖然打扮成人的模樣，但是頭上卻分別是不同動物的頭。注意到佑真的聲音而迅速轉過來的臉，怎麼看就是隻老虎。長著利牙的臉露出一個笑容，朝佑真走近。

「我、我放在這裡喔！」

佑真一把扛來的竹子放在宴會場角落，虎臉男就飛快跑了過來，抓住佑真的肩膀。

『新來的嗎？你真可愛呢！』

虎臉下傳來了沙啞的人聲，沒有比這還怪異的事了。雖然想要盡早離開，但接著另一個長著鳥頭的男人也跑了過來，探頭看著佑真。

『喔喔！這可真是上等啊！』

『讓我嘗嘗味道！』

鳥頭男跟虎頭男朝佑真逼近，用著長長的舌頭來回舔著佑真的臉頰。那長長的舌頭簡直像是一種生物，從佑真的臉頰、脖子、鎖骨，最後還舔進了他的工作服裡面。背脊一陣發涼，佑青蒼白著臉跑出宴會場。一面聽著背後傳來的嬉笑聲，佑真一面跑下樓梯。

腳步蹣跚的準備回去廚房時，正好碰上剛回來的人見。人見一看到佑真的臉，就忽然板起臉孔，用手帕擦著他的臉頰。

「佑真，你去浴室洗一下。現在立刻！」

被人見表情嚇人的命令著，佑真沉默的點點頭。被舔到的地方很噁心，他正想去清洗一下。

「我說過不要讓佑真接觸客人吧？」

去浴室的途中，可以看到人見在走廊盡頭罵著女將跟都。有些在意的佑真偷偷看了一下，就聽到人見用著陌生的冰冷語調說話。看出人見是平靜但十分憤怒，佑真的心跳變快了起來。

「抱、抱歉。蓮，你不要生氣。」

都表情緊繃的雙手合十。女將則像是在解釋什麼。盛怒的人見令人難以靠近，佑真心臟怦怦跳的急忙跑去浴室。

（呼——人見真的生氣了耶……是說，他為什麼一看到我就知道我有跟客人接觸？）

看著浴室的鏡子，佑真知道理由了。他被舔過的地方都變成了綠色。那個虎頭妖怪的舌頭是怎麼回事？佑真一邊叫著一邊用肥皂洗著髒汙。幸好這些髒汙用肥皂洗得掉，佑真鬆了口氣。

多虧人見的警告，那之後佑真沒有再被要求接觸客人。

話雖如此，當脖子會突然伸長，穿著和服的女性來旅館時，佑真還是得拚命忍住尖叫，還有臉上只有一個眼睛的妖怪到訪時，他也差點昏倒。能夠無動於衷接待顧客的人見一家人，真是值得尊敬。他們好像真的已經習慣了，就算全身毛茸茸的怪獸兩腳走進來也不驚訝，還有長得像是漆黑影子的團體客來也能確實對應它們。

佑真身處於廚房，只需要常常做一些客人吃的甜點，所以勉強可以勝任工作，如果被要求接待客人的話，他應該會立刻逃走吧！

（我好像錯過說的時機了……）

佑真有件偷偷在意的事。他給了饅頭的那個小女孩妖怪，時常會跑來跟他要一些甜食。雖然心中想著是不是不太好，但佑真還是會把做給客人吃的拔絲地瓜，多出來的部分給她，或是把戚風蛋糕切下來的邊條給她。目前為止，只要給了甜食她就會跑走，所以佑真都沒有跟人見回報這件事。雖然想說改天要跟人見講，但是人見好像不希望他跟妖怪有關聯，因此讓佑真變得難以開口。

「明天岡山先生就回來了。」

這天的早會上，女將笑嘻嘻的說著。因為骨折休息的岡山終於要回來職場了。以佑真來說，沒有正式的廚師來，他在餐飲業工作的日子就不算數，所以這樣正好如他所願。

「岡山先生是怎樣的人呀？」

好奇的佑真一面看著女將及都一面問著，結果大家都露出了苦笑。

「如果用一句話來形容，就像是昭和人的感覺。」

都微笑的說道。是很頑固的人嗎？佑真在腦中想像著，並且警惕自己一定要有禮貌的對待他。

「媽，為什麼會有這組客人的預約？我說過要禁止它們來吧？」

看著這個月客人的預約表，人見散發出風雨欲來的氣氛。看來上面有人見不喜歡的客人名，他難得露出了嚇人的表情。

「因為它們一直拜託我啊！還說可以付雙倍的費用。」

「妳不要擅自決定啦！」

女將跟人見惡狠狠的瞪著對方。

「妳現在去拒絕它們。」

人見從椅子站了起來，一臉凶狠的逼近她。

「現在沒辦法了啦！訂金都收了。忍耐一下就好了吧！」

人見雖然沒有大罵出聲，但女將不知道是不是越反駁情緒越高漲，聲音益發尖銳。說著上次很辛苦的人見，以及表示木已成舟而拒絕取消的女將，兩人開始激烈的爭論著。不論怎樣的客人都能淡然對應的人見，連他都不願意接待了，可見不是太有品的客人吧！不知道自己該不該插嘴，佑真只能擔心的看著兩人。

「煩死了！做為女將的我已經決定讓客人入住了！你意見要是這麼多，那讓都跟我來接待總可以了吧！」

女將用著尖銳的聲音怒吼，還用力拍著桌子，拍桌聲非常大，佑真因此嚇了一跳。他從之前就很在意一點，女將算是喜歡把氣出在東西上的類型，一生氣就會踢門或是拍桌子。

「這怎麼可能讓姊姊做！這點妳明明就知道。」

人見不服輸的瞪著女將。人見生氣的時候，雖然音量會變大，但看起來不會發洩在東西上。佑真不太能接受會把怒氣發洩在東西上的人，所以人見這樣的性格也很令他滿意。

結果兩人都不肯退讓，最後是都的一句「要工作了」才結束了這場爭吵。

「……那組客人這麼討人厭嗎？」

當女將及都離開後場之後，在意的佑真問起了人見。人見大大嘆了口氣，搔著自己的瀏海。

「抱歉，讓你看到難看的場面了……那組客人上次給我們帶來很大的困擾。就像是人類的性騷擾之類的。」

「那很討厭耶！」

佑真一皺起眉，人見的表情就稍微緩和了一點。

「一定要把你藏起來不能讓他發現……真憂鬱啊……」

人見一臉被逼到絕境的小聲說道。儘管很在意，但就算佑真看了旅客名單，上面全是沒看過的漢字，完全找不到哪組是要小心提防的妖怪。好像是這個月的客人……

「小哥，你還在這裡啊！」

一到了星期二，大和就開著小發財車過來賣蔬菜。大和似乎覺得佑真很快就會辭職，所以嚇了一跳。

「而且你皮膚超光滑耶？」

一邊打開裝有蔬菜的箱子，大和一邊睜大雙眼。沒錯。不知道是不是旅館的溫泉很適合佑真的肌膚，他來這裡之後，皮膚變得非常光滑。雖然沒有特別注意，但他發現肌膚一旦變好，鏡子裡的自己看起來也會很亮。

「對了，之前那個大叔怎麼了嗎？」

結帳途中被這麼問著，佑真回答：「你指岡山先生的話，他明天開始就回來了。」

「喔，我還以為他死了，原來是住院啊？可以的話，採購請你負責啦！那個大叔超難纏的，馬上就想跟我殺價。我家的蔬菜可是便宜又好吃，遠近馳名耶？」

大和似乎很怕長跟岡山來往，算完帳之後他像是懇求般的說著。據說岡山是滿嚴肅的人，身為現今年輕人的大和，應該很不擅長跟他相處吧。

「我想……應該會是我來吧！」

一邊跟大和閒話家常，佑真一邊鬼鬼祟祟的看著四周，然後還壓低了聲音——

「我問你，你上次說這裡是鬼屋，所以當地人會對這裡敬而遠之嗎？」

雖然在人見面前問不出口，但佑真很在意大和說溜嘴的事。如果這間旅館被當地人敬而遠之，他想致力消除不好的傳聞。

「喔……你看，這裡原本就沒有人來了。還有些老先生、老太太說看到了奇怪的東西。我也看過有點奇怪的集團。」

大和也降低音量，附在佑真耳邊說著——

「該說是敬而遠之嗎，應該算是害怕?的感覺吧！」

大和搓搓鼻子然後笑了出來。偶然間，都正好從廚房後門出來，注意到正在談話的佑真及大和，便向他們點頭致意。

「佑真，你買完菜之後再麻煩過來一下喔！」

微微一笑之後都回到旅館裡。注意到大和很有興趣的看著她，佑真補上了一句：「她單身喔！」

「啊？沒有，不是啦……她很漂亮呢！大家都說這一家的姊弟是俊男美女。」

大和似乎有些害臊的搔搔頭。

「對呀，弟弟也是個大帥哥。他們在村裡應該是很有名的美形姊弟吧？」

想要對人見的美形尋求共鳴，佑真興致勃勃的說著，但不知道是不是對人見沒什麼興趣，大和連附和都沒附和。

「我奶奶曾經說過，這一家的姊弟被妖怪給附身了。」

大和再次拉低帽子，坐上了小發財車。稍微揮揮手之後大和離開了，佑真只好失望的把採買的蔬菜搬進裡面。好想跟大和多談論一點人見的美，真可惜。看來因為這裡是妖怪專門旅館，所以當地人似乎都很害怕這裡。就算不太清楚怎麼回事，但還是能察覺出怪異的感覺吧？

「吶吶，大和先生有說到我嗎？」

一回到廚房，都就跑了過來，雙眼亮晶晶的。

「他說妳很漂亮。妳如果對他有意思，我可以幫妳撮合喔！」

一邊將蔬菜放進各自的位置，佑真一邊這麼說，結果被稱讚的都似乎很開心的扭動著身子。實在看不出她有被妖怪附身的樣子。

「也沒什麼有意思沒意思的。我想跟年輕男生說話！都沒有邂逅啊！這裡只有妖怪會來！」

都氣憤的蹽著腳，激動的控訴著。的確，家族經營的話，適婚期的女性是沒什麼機會認識對象。就算被女將催促結婚，在這種地方的都也束手無策。

「都小姐，妳長得很漂亮，只要去人多的地方，就能立刻找到對象了吧？還是妳也會看到說謊的人是黑色的？」

佑真一面剝著晚餐用的洋蔥，一面問道，結果都靠在料理臺旁，嘆了口氣。

「不，我沒有這種能力。我啊，只有個麻煩的體質，就是去人多的地方就會昏倒。因為這樣，我連祭典也不能去。去東京的時候，我幾乎呈現昏睡的狀態，完全沒有用處。」

看著遠方，都發出了冷笑。

「那真是……請節哀順便。」

「唉，能不能有個好男人迷路來到這座山，然後對我一見鍾情呢？」

一邊哀傷的嘆著氣，都一邊回去工作。看來就算長得漂亮，一旦擁有特殊體質，人生也無法一帆風順。邊為都感到同情，佑真邊著手把洋蔥切成丁。

隔天中午，女將開車去醫院接岡山，載著他回到了七星莊。岡山是接下來要一直面對面的同事。佑真緊張的出去迎接他。

「休息了這麼長一段時間，真是抱歉……」

一下車就深深一鞠躬的人，是一位高齡八十歲的老爺爺。他的白髮剪成五分頭，腳邊也柱著拐杖不太穩。

（所謂的昭和人是這樣……!!）

對方不是佑真所想像的嚴厲大廚，看起來只像個即將退休的長者。雖然有點壞，但佑真開始不安，他還能再撐兩年嗎？為了取得廚師資格，必須要請他以佑真上司的身分工作兩年啊！

「你就是佑真啊？請多指教喔——」

行動不太靈活的跟佑真握了握手，岡山柱著拐杖走向廚房。由於岡山回來了，所以他好像會負責今晚的料理，佑真也期待的跟在他旁邊。

「喔喔——變好乾淨呢——」

岡山因為廚房變乾淨而開心，接著他換上了白色的廚師袍。不知道是不是一穿上制服心情就不一樣，就算沒有拐杖他也開始可以行動，用一個大鍋子煮起豬肉味噌湯。應該說真不愧是大廚嗎？岡山切菜的方法以及煮菜方式非常熟練，知道一些只有資深廚師才知道的技巧。

「請問，有關冷凍庫裡的豬肉……」

佑真一直想說等岡山來了之後要問他，所以那頭被高掛的豬肉還保存在冷凍庫裡。

「我沒有處理過整隻豬。請問要怎麼拆解它呢？」

就算想做豬肉料理，但佑真不知道支解豬的方法，所以無從著手。對於佑真的疑問，岡山笑著回答他。

「那是用來烤全豬的。」

聽岡山說，保存在冷凍庫裡的豬，裡面會塞進鹽巴、蔬果跟香料，然後在廚房後面整隻下去烤。有位客人喜歡吃烤全豬，所以這是用在該名客人來的時候。本來佑真有在想要不把腿部的部分切下來煮菜，他放心的想著幸好沒有糊里糊塗的亂切。

「要拆解的話，就是像這樣，這樣，還有這樣。」

在吊在冷凍庫的豬前，岡山用菜刀教著佑真下刀的部分。據說只要隨著骨頭切下就可以了。岡山雖然是位年長者，但他對於佑真的問題回答得很細心，不是那種會說「技巧要自己去偷！」，或是要人看看就學起來的那種老派廚師。照這個樣子，這份工作佑真應該可以做得下去。

（雖然妖怪旅館這點是個異例，但其他都很順利吧？最重要的是，這是我第一次碰到人際關係好相處的公司。）

跟著岡山切切菜、煮煮魚，佑真每一天都過得很快樂。在這之前他打過幾份工，也在旅行社工作過，一定會發生的人際問題，目前在這裡也完全沒有發生。這樣的經驗還是頭一遭。

（只說得出實話的我，竟然可以過得這麼順遂！）

有時投宿的客人看起來很噁心，或是可怕的令人起雞皮疙瘩，但只要無視這些事，在這裡工作不僅皮膚會變得光滑，偶像又很帥，真是個好職場。

由於日子過得太順遂，佑真完全忘得一乾二淨，直到星期六晚上被人見說「明天八點在車子旁邊見！」，他才想起說好要約會的事。

（糟糕！我沒有可以穿去的衣服！）

回到房間，佑真把行李箱裡的衣服全部翻出來，但是都很老土，沒有讓人眼睛一亮的衣服。一直以來，為了襯托人見，他覺得自己不必穿得太時髦，但是明天他想要穿著得體的去約會。和人見站在一起也不會丟臉的穿著，最好是能受到人見稱讚的穿著——

（唔喔喔喔，為什麼我只有這種老土的衣服！）

佑真在房間裡獨自扭動著身子煩惱著。他有很多黑色的衣服，所以勉強用帶來的白藍色北歐風毛衣，搭配黑色的緊身長褲。

住在工作地點，這種時候就會很困擾啊！佑真一邊發著牢騷，一邊確認著外套有沒有髒汙。光是想到要和人見約會，他就感到極度的害羞。

明天他有辦法保持平常心嗎？

（結婚啊……）

為了明天早點睡吧！佑真在床鋪躺下，想著被塞在行李箱深處的戒指盒。

雖然決定在人見家工作，但來的時候佑真並不太想跟人見結婚。因為他擅自覺得，在這兩年的時間裡，人見應該就會發現是他自己搞錯了吧！人見跟自己的差距太大了，讓他覺得他們不可能發展戀愛關係。所以戒指也是為了還給人見才帶來的。

但發現人見是真的喜歡自己，佑真也開始思考結婚的事。當然他非常喜歡人見，可以一輩子看到那張臉，他甚至覺得這是至高的光榮。佑真也不討厭人見的家人，雖然妖怪很可怕，但他並不討厭在這裡工作。

（只不過啊，我如果是外人，一定會討厭我跟人見結婚。好希望人見可以跟更美麗又溫柔的女性，或是命運般的Ω在一起喔！）

由於佑真一直把人見當作偶像的看著，所以他實在無法去除第三者的觀點。他這樣真是麻煩的個性啊！

（如果我跟人見結婚……爸跟媽不知會說什麼？媽應該會因為人見太俊美而嚇一跳吧！我那妹妹、陽菜可能會迷上人見？爸好像想要我娶媳婦，如果跟男人結婚他可能會不贊同。唔──結婚啊，好沒有實感……）

佑真雖然試想了很多問題，但全都很模糊，更欠缺一些真實感。人見還真敢跟他求婚。

以他的年紀，為什麼不會覺得或許還能碰到其他人，或是講結婚太早了呢？

佑真一邊躺在被窩裡，一邊看著手機的照片。

之前為了不讓人見反感，他只能拍一點點人見的照片，但最近得到人見本人的同意，所以佑真手機裡充滿了人見的照片。

在他看著過去的照片時，在他公寓錄的接吻片段跑了出來。雖然拍的是影片，但佑真羞恥得一次也沒看過。

做好決心，他鑽進被窩裡打開了影片。

儘管他自以為那時有設定好不會拍到自己的臉，但不知道是不是動的期間位置跑掉，他的身影錄得非常清楚。看著畫面中跟人見接吻的自己，佑真無聲的叫了出來。

（不行！不行、不行、不行!!）

這實在是不堪入目的髒東西，佑真立刻按下暫停，在被窩中痛苦地掙扎。人見明明又性感又帥，但自己平凡的外表真是太礙事了。

（要跟人見站在一起真的不可行……）

再次以客觀角度來看，佑真更加覺得自己配不上人見。事已至此，該怎麼從人見的面前消失？

可以的話，今後他也想欣賞人見俊美的臉龐，所以讓他對自己失去興趣，然後跟其他某個美女在一起是最理想的了。

「唉……總覺得好累喔……」

躲在被窩裡動來動去的，他都出汗了。為了明天早點睡吧！佑真強迫自己閉上了眼睛。

本命是α

5 方向性不同

隔天是久違的大晴天，對於十二月來說是個溫暖的天氣。今天佑真也休息，所以早餐是由岡山準備的。白飯配上烤魚、豆腐、玉子燒及燉菜的日式早餐。人見說要打掃完澡堂再出門，所以他沒來吃早餐。

「你們今天要出去吧？玩得開心點！」

抿著嘴笑的都戳了戳佑真。她可能聽人見說了什麼。佑真不知該擺出怎樣的表情，於是就先低下頭說謝謝。

快接近八點的時候佑真來到車旁等著，便見到人見一邊圍著圍巾一邊跑來。他穿著黑色的短外套搭配抹茶色的針織衫及緊身的牛仔褲。頭髮不知道是不是有抹髮蠟，感覺比平時還要時髦。

「久等了。我們走吧！」

人見心情很好的坐進四輪驅動的駕駛座，發動了引擎。佑真坐上副駕駛座，一面陶醉的看著人見一面問他：「我們要去哪裡？」

「你來這邊都還沒去過哪裡吧？我想帶你去高知有名的觀光景點。如果是要在近一點的地方觀光，我也有想到白山洞門跟足摺岬。但我決定去高知城，因為之前聽你說過喜歡古城嘛！而且偶爾也會想去有人的地方吧？」

人見笑著開動了車。

「是呀！我喜歡你的提議。這是我第一次去高知城呢！」

一邊繫上安全帶，佑真也一邊揚起了笑臉。他不記得自己在哪裡說過喜歡古城，但人見連這種瑣碎的對話都記得，這讓他覺得很高興。正因為在旅行社上班，佑真很喜歡去觀光景點參觀。這是他人生第一次來高知，也有很多想去的地方。深山裡的生活雖然還不錯，但連不上網路這點讓人很困擾。

「你好像喜歡漫畫嘛，要去個書店嗎？」

「不用，只要連得上網路就能買了。」

車子馳騁在山頂的期間，可以連上網路了，佑真用準備好的機器大量購買了漫畫及書籍。真是方便的社會。他也順便看了一下信，發現家人跟朋友有寄了幾封信給他。回完這些信，佑真休息了一下，再次感受到人見家真的是遠離塵囂呢！開始住在那裡工作之後，佑真注意到人見的家人幾乎不看電視，也完全不上網，就連電動跟手機也很少在玩。

「對了，聽說都小姐會因為人多而昏倒啊？」

想起了感嘆沒有邂逅機會的都，佑真如此一問，便見人見露出了苦笑。

「嗯，該說我姊是對邪氣太脆弱，還是說她有巫女體質呢……」

「巫女體質……？」

聽不太懂的佑真提出了疑惑，便聽到人見「唔——」的發出聲音。

「就像是只能生存在乾淨河邊的螢火蟲吧？」

對於人見的說明表示瞭解的點點頭，佑真陷入了沉思。

「……你說你看人的方式跟一般人不一樣，為什麼會這樣啊？是天生的體質嗎？女將好像也有點特別之處。大和先生說你們被妖怪附身了喔！」

大和說過的話令佑真感到在意，他注視著人見帥氣的側臉。

「是說，你也說我會發光，但我超級普通的，而且個性也沒有說特別好。」

佑真一問起在意的問題，就看到人見一副很有意思的勾起了嘴角。

「是因為我用發光這個詞，讓你誤解了嗎？並不是個性好的人看起來會發光。單純就是人生中不撒謊的人看起來會發光。所以就算是個性好的人，只要說了違心之論，看起來就會髒髒黑黑的。我猜想顯露於外的態度與內心想法沒有悖離的人，應該就會發光吧？」

原來這跟性格的好壞無關呀！有點失望的佑真垂下了肩膀。

「……其實我在我媽肚子裡的時候，天邪鬼有來住宿喔！」

人見有些靦腆的說道。

「天邪鬼！原來真的有！」

佑真不禁大聲叫了出來。說到天邪鬼，它是個嘴裡說的和心中所想完全相反的妖怪。它竟然真的存在，真是太難以置信了。

「有喔有喔！它是來療養的，後來好像因為我家的溫泉復原了。它說『做為謝禮，我把妳變成可以分辨出說謊者與非說謊者吧！』，然後好像對我媽施了什麼法。所以我媽跟我就變得可以清楚區分說謊的人與不說謊的人。這真是讓人困擾的禮物呢！從小我就覺得周圍人看起來烏漆墨黑的，超可怕。所以大和先生所說的被妖怪附身，或許沒有錯喔！」

人見擁有特殊能力的原因，讓佑真驚訝得合不攏嘴。這真像日本的傳說故事。會留下不必要的禮物，或許妖怪真的不是善類。

「不能請它再來一次改掉這個能力嗎？沒有這個能力的話，你就不必喜歡我，可以找更漂亮的優質女性在一起……」

如果有方法可以讓人見的眼光清醒！佑真激動向前探出身。

「……佑真，你討厭我嗎？」

人和原本溫和的氣息突然變得生硬，他低聲向佑真問道。

「超喜歡的。」

佑真害羞的回答完，就聽到人見誇張的嘆息聲。

「你也差不多別再想把美女塞給我了吧？我明明都說喜歡你了，你為什麼還要把我跟別人湊在一起？」

「因為美人不跟美人在一起，就會生不出美人吧？我想你如果沒有這個能力，也不會被我這種人而是會被別人吸引。而且你可是稀少的 α 耶？果然還是該跟 Ω 結合吧！」

佑真回答得一副理所當然，結果人見「嗯——」的搔著後頸。

「什麼 α 之類的，我真的無所謂。我啊，一直注視著你，所以你因為無法撒謊而與人直球對決；確實完成被指派的工作；為我做充滿愛情的料理等等，你很多的優點我都知道喔？跟你在一起也很開心，我是因為想跟你共度人生才求婚的。雖然你沒辦法喜歡上我是件無可奈何的事，但拜託你不要連我的心意都否定。」

被人見用微怒的語氣一口氣說著，佑真雖然有些迷惘但還是陷入了沉默。他認為人見說得很對，不可以否定他人的心意。

「可能因為我說你很閃亮你才誤解，像你這種閃閃發亮的人，我以前也算是有遇過。」

「啊，是喔？」

一直以為自己以外的所有人都看起來髒髒的，佑真因此睜大了雙眼。

「嗯，可是就算我跟對方變熟，也不會有心動的感覺。並不是漂亮就會喜歡對方。從國小的時候我就覺得，你每個地方都很合我的點，天然呆的地方我也喜歡。我說過很多次了，你真的並不普通。」

一面聽著人見的話佑真一面回想著，這麼說起來，他有被怪人喜歡的傾向。說不定人見也是個怪人。

「而且，我不是特別重視外表的人。不，你是很可愛啦！但你不喜歡被說可愛吧？」

人見瞄了一下佑真，表情緩和了不少。

「我沒辦法覺得自己可愛，只會感到很煩躁而已。」

聽到這句話很不舒服，佑真的嘴角垂了下來。

「雖然我想讓你喜歡上我，但或許不是這樣，讓你喜歡上你自己更重要。」

嚇一跳的佑真將視線從人見身上移開。

人見說的話會刺進他的心，是因為他自己知道雖不中亦不遠矣。他從小就喜歡欣賞會吸引人目光的俊男美女。幻想裡沒有自己的存在，只需要想像對方跟理想的對象在一起就好了，所以佑真覺得很有趣。

（咦！我討厭自己嗎？）

內心動搖的佑真一面尋問自己的內心，得到的是不討厭的答案。但是，也不是喜歡。要回答的話，就是普通。不討厭也不喜歡的，普通。

（我這是普通的詛咒嗎！連這種地方都普通！）

受到內心的衝擊，佑真呆住了。沒想到會在這種開車的途中，被指出自己內心深處的問題。

為什麼無法喜歡自己？佑真思考了一下，也隱約明白了無法喜歡自己的理由。他因為這個性格，跟別人起了好幾次衝突。明明只要沉默就好了，但因為不會說場面話跟謊話，所以人際關係上的問題從沒少過。每當發生這種事，他就會討厭笨拙的自己、惹怒別人的自己，所以他才無法喜歡自己。可是在他內心深處，卻還是有種自己並沒錯的自負。這種矛盾的心情在他心中混成一塊。

如果可以百分之百喜歡自己，是不是就能坦率接受人見的愛呢？

「你真敏銳呢！或許我真的不喜歡自己。但也不討厭就是了。」

佑真口吻平淡的如此說著，人見便露出了笑容。

「我也喜歡你像這樣自問自答的說話。你不會發脾氣，也不會把怒氣發在東西上面吧！就算被課長狠狠教訓，你雖然會低落，但並不會抱怨，也不會生氣。」

原來從人見的觀點來自己是這樣的人啊！佑真感到訝異。

「那是你吧！我也喜歡你就算生氣也不會情緒激動這點。」

他們兩人竟然有同樣的想法，總覺得有點高興。佑真笑嘻嘻的一說完，人見就轉過臉給他一個無敵的笑容。

「是嗎？太好了。我還以為你只喜歡我的臉。」

被人見用著幸福的笑臉說著，興奮跟罪惡感在佑真心中交纏著。如果被問到喜歡人見的哪裡，他只能這樣老實的回答。

「抱歉。的確我說的喜歡，有八成，是你的臉。」

原本以為人見會生氣，但他竟然噗哧的笑了出來。

「我原本以為是全部呢，太好了！」

人見爽朗的笑著，車內原本變得沉重的氣氛頓時輕鬆了起來。今天要玩得很開心！佑真看著人見的側臉，在心中如此想著。

他們開車到高知市，參觀了名勝景點的高知城。第一次去高知城，讓佑真非常興奮。從天守閣看出去的視野也超棒，可以俯瞰高知市。在那之後，他們去了弘人市場，享用了新鮮的海鮮。由於是星期天，市場人潮洶湧，十分熱鬧。

被人見問起有沒有想去的地方，佑真於是拜託人見帶他去 Villa Santorini，這裡他從以前就很有興趣了。這是間以希臘的聖托里尼島為雛型，有著白色外觀及藍色圓弧狀屋頂的度假飯店。雖然他們只有在那吃晚餐，但飯店美麗的外觀跟人見的帥氣很配，佑真拍了超多張照片。

「我學生的時候有去過希臘。愛琴海超漂亮的！」

佑真望著太平洋一說，人見便充滿興趣的聽他說起希臘行的事情。由於那時是學生沒什麼錢，所以是趟窮遊的旅行。佑真如此講了之後，人見就告訴他大學時去英國旅行的事情。

走在海岸線旁，兩人繼續說著彼此旅行的經驗。天很快就黑了，在兩人聊天的途中，海岸線旁的人都走光了。佑真捨不得的看著飯店的外觀。可以理解有很多女性客人想來住 Villa Santorini。只有這一帶像是在國外一樣。

「要住一晚嗎？」

被眼神性感的人見一問，佑真嚇一跳的呆愣在原地。人見一直握著他的手，與他十指交纏。被暗示不是以朋友的身分過夜，佑真臉上暈出了紅潮。

「不可能！」

佑真飛快的回答之後，人見臉上浮起受傷的表情。心想剛才的說法聽起來可能像是拒絕，佑真連忙想著該怎麼解釋。

「我絕對不是討厭你喔！」

抓不定主意要怎麼說才好，佑真一時語塞。他喜歡人見俊美的臉龐，所以看到他痛苦的表情，他會非常難受。雖然想說些讓人見開心的話，但要跨越這一條線，佑真心中還是有牴觸。

「你不願意在飯店住一晚跟我做愛嗎？但接吻可以吧？」

被更進一步的問著，佑真睜大了雙眼。

「你是知道我不會說謊而這麼問？」

「嗯……」

被人見表情認真的點點頭，佑真試著偷偷鬆開人見的手。但是他被抓得緊緊的，完全鬆不開。

「……做！」

原本想要說做愛這個字，但說不出口的佑真變得滿臉通紅。他對於這種太露骨的詞句很不擅長。

「……那個，有關共處一夜這個行為……」

「你會因為這種話臉紅啊！真看不出你是那個說要用手機錄接吻畫面的人。你會害羞的東西跟不會害羞的東西，那個界線真是不可思議呢！」

被人見目不轉睛的看著，佑真搔了搔變紅的脖子。那是那，這是這啊！

「人見，你會想跟我做嗎？」

不想被盯著臉看，佑真用沒被牽住的手，推開人見的臉。雖然接吻這件事他莫名其妙就接受了，但如果要再進一步，他需要做出覺悟。佑真心裡的規定是，接吻之前的行為，就算是他們現在這種狀態的人也可以做，但再上去的行為，就是確實喜歡彼此的人在做的。

「當然想。」

被人見乾脆的點點頭，頓時大爆汗的佑真停下了腳步。他不知道有人會對自己這種人有性慾。但人見都對他求婚了，要說理所當然的確也是理所當然，只不過親耳聽到他說還是具有破壞力。

「你是只愛男人的類型嗎？」

想著要瞭解一下人見的性向，佑真扭捏的問道。

「不，你是我第一個喜歡的男性。我對其他的男性沒有動過心。對女性也沒有就是了。」

看來人見是個擁有獨特感受性的人。一旦周圍人從自己眼中看出去都是又黑又髒，就會變成像他這樣嗎？

「這樣喔——……」

被人見表明他只對自己傾心，佑真有種暗爽的感覺。儘管無法想像跟人見做愛的自己，但他也想看看人見的裸體。明明是住在旅館工作，卻從來沒有跟人見一起泡過溫泉。從衣服外面來預測的話，他的胸肌看起來有練過，佑真覺得人見應該擁有非常健美的身材吧！

（不過要做愛的話，也會被他看到我的身體耶……）

要讓他看到自己乾癟的身材真夠難為情。說起來，他本來就不太清楚男性之間要怎麼做愛，光是模模糊糊幻想一下就面耳紅赤了。

「唔唔──唔嗯──唔嗯──果然還是沒辦法。我覺得我的心臟可能會爆炸。」

不知道該怎麼回答，臉像顆紅蘋果的佑真，甩著兩人牽在一起的手。人見苦笑了一下，把他的手放開。

「……要去五台山嗎？夜景很漂亮喔！」

人見朝著停車場走去。鬆了口氣後點點頭，佑真跟在人見旁邊邁出腳步。

五台山是位於高知市的山，山頂上有公園，以及可以環視四周的瞭望臺。五台山在四國也是數一數二的夜景勝地，儘管現在是十二月這種寒冷的季節，仍然有許多來看夜景的情侶。佑真他們到達的時候，眼前已經是一片閃爍的夜景。在可以俯瞰浦戶灣及市街地的位置，兩人肩靠肩的看著夜景。「真美啊……」佑真入迷的說道。

「有點冷，我去買個喝的。你要喝什麼？」

闔上外套的領口佑真如此一問，人見便回答了「咖啡」。他讓人見留在原地，自己走去販賣機那邊。

「那個人超帥的吧？」

聽到擦肩而過的人這麼說著，佑真豎起了耳朵。有兩名女性在偷瞄佇立在瞭望臺的人見。佑真偷偷點點頭。人見就算遠遠看也還是充滿了帥哥的氣息。站著帥，坐著帥，靠著東西也帥，是個如畫般的男子。

「一定是α吧！不然就是藝人！」

「也有可能是模特兒呢──」

看著人見，這兩位女性說了一堆。雖然很想加入這場對話，跟她們一起談論人見的帥氣，但佑真還是極其忍耐的買了兩罐咖啡，回到人見身邊。

「謝謝！」

原本眺望著夜景的人見，微微一笑接過了咖啡。吹起了一點風，有點冷。喝下溫暖的咖啡之後，吐出的氣息都變白了。

「啊……好像不太妙……」

人見突然按住鼻子附近，發出了含糊不清的聲音。心想怎麼回事而回過頭，便看到後方的人群裡發生了一股騷動。

「那個人是Ω吧！」
「好像發情了耶！」
在人群的騷動裡，冒出了幾句不可忽視的發言，佑真把手放在人見背上。人見帶著微紅的臉頰，牽起佑真的手走向出口。
「我們離開這裡一下吧！應該是有誰發情了吧！聞得出味道。」
人見的手雖然有一點變熱，但他並沒有興奮到失去理智，非常的冷靜。Ω會有所謂的發情期，據說當下會散發出費洛蒙。佑真聽說α如果聞到發情期的味道，會喪失理性侵犯Ω。但好像也有利用這種性質來硬上α的Ω，每每都有問題發生。
「沒事吧？回去我來開車吧！」
一回到停車場，顧慮人見的佑真開口說道。
「來到這裡就沒關係了。雖然不知道是誰發情，但不知道要不要緊？」
人見坐進駕駛座，一口氣把剩餘的咖啡喝完。「那個人好像有一群朋友在，所以應該沒事吧！」佑真如此說著。坐在副駕駛座的佑真，對於跟平常沒兩樣的人見感到納悶。
「費洛蒙就像這樣嗎？我還以為會更讓人失去理智。」
跟想像的不太一樣，佑真覺得白緊張了。

「我的體質可能不太會被費洛蒙影響吧！高中的時候，班上還是會有同學發情，但我還忍耐得了。」

人見本身就有特殊的能力，說不定會跟別人不一樣。自己好像有點安心，但也感到些許的內疚。明明他沒給人見一個肯定的答案，竟然還因為人見沒被哪裡來的Ω拐走而開心。

「……果然是很香的味道嗎？是怎樣的感覺？」

興致勃勃的一問，就看到人見搔了搔頭。

「唔嗯——大概像是肚子很餓的時候，飄來一陣看起來很好吃的肉類料理香味吧？啊，不過，我一個α的朋友說不是這麼簡單的東西，所以我的體質應該真的不太受影響吧！」

一邊發動車子引擎，人見一邊說道。時間已經來到晚上十點。「就算現在開車回去，回到旅館也已經三更半夜了吧！」人見如此說著。

「我本來想一邊看夜景一邊誘惑你的。」

被人見惋惜的說著，無法做出附和的佑真，紅著臉看向了窗外。

當十二月一過了中旬，就有絡繹不絕的客人來到旅館，持續著繁忙的每一天。

佑真不僅習慣跟岡山一起在廚房工作，技巧也變好了。很不可思議的是，妖怪吃的東西跟人沒什麼差別，聽說就連調味也跟人的喜好一樣就可以。

「你很有天分呢！用刀的手法也很棒。」

岡山對於佑真的工作表現似乎很滿意，開始會把很多料理交付給他。魚的烤法或是乾煎的調味，岡山都有一套決定好的做法，所以佑真會把這些細節寫在筆記本裡背起來。他原本就很喜歡料理，所以工作得很開心。

「甜食類你比我擅長，那甜點就全部交給你了。」

開始工作沒多久，佑真就得到岡山這樣的一句話。但與其說佑真擅長，倒不如說岡山不擅長做甜點比較正確。岡山討厭甜食，所以提不起勁去做。岡山喜歡的，是烤全豬這種豪邁的料理。

佑真被賦予了做甜點的責任，也開始會收到一週份的顧客情報。而整個作業流程是他會在週末決定好一週份的甜點菜單，取得岡山的許可之後開始製作。

「唔哇——今天是團體客呢！」

坐在廚房的圓凳上，確認著名單的佑真睜大了雙眼。好像會有十五位的客人投宿一晚。上星期似乎也有許多客人入住，說過「限定一組已經是極限」的人見，佑真非常能夠理解他的心情。聽說所謂的妖怪，意外的很常是群體行動。

「唔嗯——去年客人倒是沒有這麼多。真是生意興隆呢！」

岡山邊調整著白色廚師帽邊說著。名單上寫著自己不會唸的漢字，這麼說起來，人見講過要禁止對方來館的不就是這組客人嗎？佑真注意到這一點。

「岡山先生，你知道這組客人嗎？」

佑真在意的一問，岡山便定睛看向名單，然後面帶愁容的說著：「嗯……」

「這組客人上次入住的時候，蓮少爺非常生氣呢！看來這次我去送餐比較好。我看不到妖怪，所以不清楚發生了什麼事，不過小都那時很疲累的樣子。」

「咦！岡山先生，你看不到妖怪嗎⁉」

佑真聽說岡山先生在這間旅館工作很久了，因此以為他一定很熟悉妖怪。原來他是在幫看不到的對象做菜啊？

「嗯，我完全看不到喔！你很厲害呢，聽說你很快就看得到了？」

岡山若無其事的說道，佑真則是因為複雜的心情而陷入了沉默。說不定自己有靈異體質吧？岡山還說了雖然他看不到妖怪，但也因此可以長年待在這裡工作。

「雖然今天預定要做的是銅鑼燒，但我記得這組客人很喜歡番薯，你可以幫忙做個使用到番薯的甜點嗎？」

受到岡山的依賴，佑真短暫思考了一下。

「番薯蛋糕如何呢？」

「不錯呢！那就麻煩你啦！」

意見一致之後，佑真一面切著蔬菜，一面努力做著番薯蛋糕。當他開始用水煮番薯的時候，發現那個經常跑來的妹妹頭小女孩，不知何時站在了他的旁邊。這孩子常常跑來廚房，但由於岡山都不在意，所以佑真擅自解讀成她是享有進館特殊待遇的妖怪。沒想到竟然只是岡山先生看不見而已。

『你要做什麼？也有我的份嗎？』

被妹妹頭女孩可愛的一問，佑真小聲的說道：「真拿妳沒辦法。」

「等下會給妳喔！今天做的是番薯蛋糕。」

『番薯蛋糕……？』

妹妹頭女孩似乎不知道什麼是番薯蛋糕。她穿著和服，可能是古時代的妖怪吧！當佑真一開始說明番薯蛋糕是怎樣的點心，妹妹頭女孩就突然快速躲到流理臺後方。

佑真抬頭一看，之前差點把他拖進河裡的光頭小弟，正從窗戶窺視著廚房裡。

「妳討厭童男嗎？」

他以為同為妖怪應該感情會很好，看來不是這麼簡單的事。妹妹頭女孩點點頭，蹲在地上發著抖。

「岡山先生，有個壞妖怪在窗戶邊偷看，請問有什麼驅趕的方法嗎？」

覺得妹妹頭女孩很可憐，看不下去的佑真如此問著。雖然人見是用堅決的態度把這光頭妖怪趕走，但他不覺得自己辦得到。首先，他不敢跟光頭妖怪對峙。

岡山笑咪咪的把量杯遞給了他。量杯裡裝滿了炒過的黃豆。

「我如果突然覺得一陣冷，或是有種嫌惡的感覺，就會從窗戶撒這個出去。」

這就像所謂「節分時要撒豆子」的感覺吧？佑真半信半疑的抱著量杯，一打開窗戶玻璃，光頭小弟就『啊！』的大叫，轉過身背對他。佑真對著這個背影奮力的丟豆子。

『好痛！好痛！可惡，你白痴嗎！給我記住！』

光頭小弟一邊慘叫一邊飛快的逃往山中。得知這真的有效，佑真覺得感動。

『哥哥，謝謝你！』

妹妹頭女孩開心的探出了頭。

回到流理臺，佑真再度奮力工作。把水煮好的番薯用篩網過篩，再混合砂糖、蛋黃、生奶油之後塑型。做成容易進食的形狀之後，再用蛋黃增添光澤，放進烤箱烘箱。

「這種感覺如何呢？」

把剛出爐的番薯蛋糕一拿給岡山試吃，他就一臉美味的咀嚼著。

「不錯呢！再做三十個吧！」

連不喜歡甜點的岡山都喜歡，看來做得很成功。佑真拿了一個給妹妹頭小妹，對方立刻雙眼亮晶晶的大口吃著。

『哥哥做的東西好好吃喔！』

看著一臉天真吃著東西的女孩，佑真感到有些悲傷。雖然不知道她是什麼妖怪，但佑真不覺得她會是壞妖怪。該不會是年幼去世的女孩靈魂之類，像是這一類的妖怪？由於對妖怪不太熟悉，佑真也沒有頭緒。

「岡山先生，今天的盤子可以用這個嗎？」

佑真一感慨的想著，人見就進來了廚房，要跟岡山討論端給客人的筷子及盤子。當他注意到時，剛才還在的妹妹頭女孩已經消失了。她會怕人見嗎？

「啊，番薯蛋糕耶！看起來好好吃，給我一個吧！」

發現佑真做的番薯蛋糕，人見露出了笑容。給他一個之後，他立刻很美味似的吃了起來。人見的視線停留在流理臺上的量杯，然後表情變得凶狠起來。

「又有什麼壞東西來了嗎？」

人見看向窗戶，仔細的來回觀看。

「喔，之前那個童男在偷看這裡，我用豆子丟它之後，它就跑走了。」

「這樣啊！」

人見鬆了口氣的垂下緊繃的肩膀。

「這裡常常會有奇怪的東西跑進來，所以你要小心喔！雖然我是有安排好讓壞東西無法靠近啦！你絕對絕對不能跟妖怪交心喔！」

被人見表情嚴肅的說著，嚇一跳的佑真開始眼神亂飄。

「那給它們東西之類的……」

「絕對不行喔！千萬不能跟妖怪做買賣。如果發生什麼事要趕快跟我說。」

被人見用可怕的表情叮囑著，佑真雖然內心慌張但還是回答知道了。事到如今，那小女孩的事情他也說不出口了。原來不能給東西啊！但她也沒做什麼壞事，所以也沒關係吧！佑真擅自這樣判斷著。

（她可是我唯一能夠好好交談的妖怪呢……）

雖然有些沮喪，但佑真還是繼續做著料理，心中一邊煩惱下次碰到她的時候該怎麼辦。

當天色微暗的時候，旅館的正面玄關突然變得吵嘈。佑真在意的跑到走廊，便看到穿著黑色和服的團體客正一個接一個的進來。

「咿！」

差別尖叫出來的他，連忙用手捂住嘴巴。和服裝扮的客人，全部都是牛。一整排長著兩根角，表情嚴肅的黑牛頭。它們的外型跟人類很像，但每走一步就看得到它們的蹄，所以可能是半獸的類型。之前也有長著虎臉跟鳥臉的妖怪來過，但它們個子較小，跟人類的身材較為接近。可是這次的牛妖怪每一位都很巨大。全都超過兩公尺以上，頭都快碰到天花板了。

「已恭候各位光臨多時。請進。」

就連這種妖怪，女將跟都，還有人見都能淡然對應。從走廊陰暗處偷看的佑真，在牛軍團接近樓梯之前退回了廚房。岡山則是在廚房的前院。

「看來還要再一個小時呢！」

一打開廚房窗戶告知岡山客人來了，岡山就一邊烤豬肉一邊點了點頭。岡山從六個小時之前，就開始在庭院烤全豬。這是佑真第一次看到烤全豬，岡山首先把豬腹剖開，塗進鹽巴及香料，然後塞進蔬菜跟切碎的香菇。接著用長長的木棒穿過豬的身體，封上腹部，再用鋁箔紙捲了幾圈之後，用架設在庭院的烤爐開始烤。岡山為了不讓火熄掉，一直用易燃的木片讓火持續燒著。將近三十公斤的豬被燒得通紅，時不時飄散出香味。烤之前，看到豬的原始姿態會讓人湧起一股莫名的罪惡感，但是烤過的豬卻又讓人感覺很美味，真是神奇。

不過喜歡烤全豬的客人就是那個牛軍團啊！明明是牛卻吃肉。

「那邊交給你囉！」

因為岡山在專心烤全豬，所以佑真代為負責其他的料理。回到廚房，佑真把十五人份裝有前菜的盤子放上推車。料理盛放在各種色彩的容器裡，一字擺開非常壯觀。今晚的客人聽說很喜歡喝酒，日本酒的酒瓶也是擺放了一整排。

「唉……」

看起來很疲憊的都進到廚房，雙手放在準備好的推車上。

「那我推過去囉！」

明明才剛帶客人進去，都的臉色卻很難看。

「還好嗎？我推過去吧？」

佑真擔心的一問，都便勉強扯出一個笑容搖搖頭。

「它們還沒喝酒，所以目前還沒關係。如果情形不妙的話，我會請蓮代替我。」

看都帶著堅強笑容把推車推走，佑真覺得更擔心了。雖然無法開口問她是不是遇到什麼事了，但已經習慣妖怪的都會感到疲憊，那一定是件會帶給她壓力的事。

「佑真，魚差不多可以開火了。」

雖然佑真也在意都，但眼前的工作也很重要。收到岡山從庭院的指示，佑真回答著「好的」。

由於兩個人要做十五人份的餐點，所以廚房非常繁忙。切的菜量很多，鍋裡煮的量也是不得了。岡山時不時會進來廚房確認燉物的味道或是湯的調味，然後再回去庭院。

約一小時之後，聽到岡山說「豬烤好了！」，佑真連忙跑去庭院。他跟岡山一起把被吊在木棒上的豬運進廚房。搬的時候很熱，非常辛苦。

「喔喔——……」

剝掉鋁箔紙的豬被放到巨大的盤子上，佑真開心歡呼著。伴隨著熱氣，無法言喻的香味充滿了廚房。烤的狀態非常棒。

時機非常剛好的人見進來了廚房，然後把烤全豬放在推車上。人見有些生硬的表情讓佑真很在意。

「那我們推過去囉！」

岡山跟人見這麼說著，接著把推車推出了廚房。由於主菜就此結束，所以佑真也可以鬆口氣了。

他把甜點的番薯蛋糕放在盤子上。由於他有多做一點，所以蛋糕還剩了一些。等下大家一起吃吧！

「呼——」

打算休息一下的佑真一回到後場，就看到明明很暗，卻連燈也不開的都趴在桌子上。由於他以為這裡沒人，所以「咿！」的踉蹌了一下。

「都小姐，妳還好嗎……？」

打開燈一靠近都，都就帶著空洞的雙眼看向佑真。

「那群混蛋牛……我要把它們弄成牛肉來吃……！把舌頭取下來做成牛舌……！」

被都表情可怕的傾吐，佑真不禁發起抖來。她跟那個總是給人柔和感覺的都簡直不同人。一生氣來就很可怕。

「要、要喝茶嗎？我來泡吧？」

由於都實在太過頹廢，於是佑真一邊堆出討好的笑容，一邊泡起了茶。把多餘的番薯蛋糕跟綠茶一起遞上之後，都就慢吞吞的坐起身。原本帶著鬱悶表情咬著番薯蛋糕的都，表情漸漸開朗，吃下第二個番薯蛋糕的時候，平時眼中的光芒就回復了。

「好好吃！嗯——真是難以抗拒！甜食真的會讓人打起精神耶！」

看著都吃得很開心，佑真也鬆了一口氣。不論是人見或是都，這對姊弟都會津津有味的吃他做的東西。

「真神奇，你做的食物好像都會讓人打起精神。」

被都一邊喝茶一邊這麼說，佑真自然而然的露出了笑容。一跟都聊起天，岡山就回來了，把空推車放在房間角落。

「酒味有夠重的——蓮少爺，你還好吧？」

岡山雖然看不見妖怪，但他似乎還是感受到現場的吵嘈。因為看不到妖怪，所以他很在意自己好像撞到了客人。

「唉！因為它們說要給兩倍的費用，我才讓它們住宿的。早知道就敲詐到三倍了！」

女將面容憔悴的回來，看似氣憤難平的自言自語。

「沒有下次了！」

都橫眉豎目的對女將發怒。都生氣的模樣似乎就連女將也做出反省，雙手合十的對她說著：「抱歉、抱歉！」

「請問，妳們之前都沒遇過危險嗎？對方可是妖怪呢！要是有個萬一……」

越聽越覺得不安，佑真忍不住插了嘴。如果人見他們有擊退妖怪的能力就另當別論，但他們似乎也沒有。

「嗯……也不是沒有危險，但大致算是有規定不能對我們這一家動手。要是不守規定，就會被閻魔大王撕得稀巴爛。」

「原來真的有閻魔大王！」

佑真不禁大聲叫了出來。

「原來如此……就是會被妖怪老大給逐出家門的感覺呢！」

如果有這樣的規章，那做為工作感覺是可以經營下去。還有一件在意的事情，佑真降低了音量——

「請問——妖怪是用什麼來付錢啊？應該不是用樹葉來當錢吧……？像是報稅這些，是怎麼處理的呀？」

就算在稅務局說他們是跟妖怪做買賣也只會被笑而已。這方面的事情他們是怎麼處理的呢？

「這一點沒問題。它們會確實準備人用的錢喔！大家都是笑咪咪給現金。」

看來當今妖怪擁有法術可以準備人類用的錢。

「蓮好慢呢！」

談話的途中，女將似乎很在意的離開了後場。五分鐘後，女將一臉困擾的回來，跑去冰箱拿出了礦泉水。

「蓮喝醉變成接吻狂了。應該是被客人灌酒了呢……都，妳來幫忙一下。」

「不要！」

佑真剛因為女將嚇人的發言嚇一跳，都就立刻生氣的轉開臉。女將雖然一臉不悅，但還是沒轍的走出後場。佑真不禁從椅子起來，追在女將後面。

「女將，我也一起去！」

聽到人見喝得爛醉，佑真無法保持沉默。之前人見說過他一喝醉就會變成接吻狂，很難想像他會主動喝酒，所以應該是硬被客人灌酒的吧！

「你……嗯，也是呢！麻煩了。」

女將含糊其詞的走上樓梯。雖然對方是牛很可怕，但只要把喝醉的人見帶出來就好，所以應該沒問題吧！帶著這種想法的佑真，一來到二樓就聞到酒味以及聽到妖怪們發出「喔！喔！喔！」的助興聲音，十分吵鬧。大桌子上的烤全豬幾乎被吃完了，其他的料理也大致上沒了。

『人類，這裡也過來一下！』

『你喝酒的樣子很棒呢！』

穿著黑色和服的牛群正喝著日本酒。偷偷看了一下裡面，佑真就看到人見正在跟牛怪接吻。

（唔……）

感到不悅的佑真皺起了眉頭。人見的眼神完全呆滯，似乎醉得非常厲害。人見把臉從牛身上離開，然後看起來很噁心的把臉移開。

「每個人都有夠難吃！」

人見皺著眉控訴。結果牛妖怪們抱著肚子狂笑，人見被他們揉得亂七八糟。

「哎呀——抱歉我家員工給你們看笑話了！蓮，快點，這裡我來負責。」

女將露出假笑，把人見從妖怪中拉了出來。由於佑真被使了個眼色，所以他連忙跑向人見，環住他的肩膀。

『喔，沒看過的臉呢！』

『呵呵，這小子是個上等的寶石呢！』

當佑真正準備把人見帶出去，注意到佑真的妖怪們，興致高昂地朝他接近。

「佑真……？」

人見稍微恢復了一點意識，聞著佑真脖子旁的味道。從女將那裡接過礦泉水，佑真拖著人見似的把他帶離宴會場。牛怪們雖然伸手想把佑真拉進裡面，但女將啪的一聲揮開了。

「這是我們的員工。禁止觸摸。」

女將對著佑真後背推了一把，然後關上宴會場的拉門。裡面應該在說些什麼吧？場子變得更加熱鬧，牛怪們大笑的聲音透過拉門傳了過來。

「振作一點，人見。我帶你回房間。」

攙扶著人見走下樓梯，佑真用著尖銳的聲音說道。他總覺得不太高興。有種莫名的鬱悶。

「唔唔——……難吃到真想吐……」

一邊靠在佑真身上，人見一邊亢奮的高聲叫著。他的體溫很高，臉也很紅。應該被灌了不少吧！呼吸充滿酒臭味，腳下晃啊晃的。

「你真的是接吻狂耶。總覺得有點不爽。」

剛才看到的景色在腦中揮之不去，佑真生氣的這麼說。竟然連妖怪都親，沒節操也該有個限度。

「唔……佑真，生氣了……因為它們很煩的說要叫姊姊來……所以我也只能陪它們喝啊——……」

不知道是不是因為意識不清的說著話，人見的聲音跟平常不一樣。知道他是為了都，佑真的怒氣有稍微緩和一些。看來自己是因為人見跟妖怪接吻而不高興。

（這個是，嫉妒吧……以前明明不會有這種感覺……）

一面對於自己感情的變化感到疑惑，佑真一面走向一樓人見的房間。人見的房間是八個榻榻米大小的和室，裡面只有桌子、衣櫃跟書架，是個非常俐落的房間。不知道電燈開關在哪，佑真把人見放在灰暗的房間裡。人見軟趴趴的躺在榻榻米上。

「來，水。」

佑真把寶特瓶的蓋子拿掉，遞到人見嘴邊。在人見一臉呆滯喝著水的時候，佑真從壁櫥拿出床被，幫他鋪在房間裡。

「你今天也沒辦法工作了吧！快睡吧！」

醉醺醺的人見，沒有平常的半點帥氣。但佑真開始覺得這樣也有這樣的可愛。水從人見的嘴角漏出來，佑真從他手中奪走寶特瓶，鎖上蓋子。人見忽然坐起上半身，眼神渙散的盯著佑真。

「讓我換換味道……」

一這麼說完，人見就抱住佑真，吸著他的唇。

「喂！等……！唔、唔！」

討厭酒臭味，佑真於是試著把人見的臉推開，結果就被大力的按住肩，倒在床鋪上。人見沉默的壓在佑真身上，吸著佑真的嘴唇。

「好好吃……」

人見眼神陶醉的以嘴唇深深吻住佑真的嘴唇。佑真沒有跟醉鬼接吻的嗜好，所以嘗試把人見推開。可是，佑真卻文風不動。「這個笨蛋！」佑真焦急的想把人見挪開，但他的手腕反而被固定在床鋪上，被人見貪婪的吃著雙唇。

「嗯、嗯唔……！呼、哈啊……！人見……！喂，快點住……」

「住手」才說到一半的唇被封住。人見著迷的吸著佑真的唇，身體貼近著他。

「佑真，我喜歡你……喜歡……」

像說夢話般自言自語，人見不斷的吻著佑真。人見的身體既熾熱又沉甸甸，心跳得非常快。突然感覺到小腹邊有個硬硬的東西，佑真頓時紅了臉頰。

（人見那裡……勃起了！）

舌頭鑽進了佑真嘴中，人見將腰頂向佑真。明明他應該醉得很嚴重，卻似乎處於興奮狀態。腦袋發著熱，想要離開人見的佑真做出了抵抗。

（咦！他完全沒動耶……騙人……！）

同樣是男人，佑真還以為人見這種身材他應該可以推開，但他卻被按住雙手，無法動彈。都不知道兩人之間的力量差距這麼大，佑真受到了衝擊。如果是平常的人見才不會強吻他。突然變得害怕起來，佑真發起了抖。

「不要，不……！」

感到害怕的佑真，不自覺咬了人見的嘴脣。人見像是突然驚醒的抽開身，一臉困惑的俯視著佑真。

「咦，佑真……？唔唔……我在幹麼？」

人見迷迷糊糊的搔著頭，然後倒在佑真旁邊，躺成了大字型。被放開的瞬間，佑真一溜煙的逃到了門邊。他從門縫戰戰兢兢的回頭看向人見。人見似乎在床鋪外的位置睡著了。佑真動作僵硬的把門闔上，逃回了自己的房間。

（唔哇，我是怎麼了……）

一面用背把門關上，佑真一面看著自己顫抖的手。明明不是第一次跟人見接吻，但剛才的吻卻讓佑真覺得可怕。是因為被壓住的關係嗎？還是因為親身體會到兩人體格的差異？或是因為親眼目睹人見慾望高漲的樣子？

然後更加不能理解的是——佑真的性器也勃起了。

（為什麼我會勃起？慘了，心跳平復不下來……）

像是奮力奔跑完一樣，佑真的心臟劇烈跳動著。拚了命想要冷卻心情，佑真在那蹲了好一陣子。

本命是α

6 難纏的客人

睡不著的佑真就這樣迎來了早晨，沒睡飽的他直接來到了廚房。雖然早上五點開始會有些事前準備或是早餐的準備工作，但不知道是不是老人都很早起，岡山總是先一步站在廚房裡。

「昨天還好嗎？」

對於昨晚去了宴會場就沒回來的佑真，岡山很擔心他。由於心情上的整理花了點時間，佑真就這樣蹲在了房間裡。約一個小時之後他回到後場，岡山已經就寢了。他把人見帶走之後，女將好像巧妙的把客人搪塞過去了。

「嗯，人見很不好就是了。」

一想起昨晚的人見，心裡就亂糟糟的，因此佑真盡量不去想的握住了菜刀。

「佑真！」

當廚房充滿湯香味的時候，人見慌慌張張的跑了進來。一聽到他的聲音，佑真就嚇得差點跳起來，連他自己都很意外。

「抱歉！我昨晚是不是有亂來？真的很抱歉！我完全不記得了。」

人見一身剛起床的裝扮跑過來，突然在佑真面前下跪。不僅佑真嚇了一下，連岡山都睜大了眼睛。臉色蒼白的人見僵著臉，額頭一邊磨地一邊道著歉。

「我做了什麼!?抱歉，我只記得喝醉變成接吻狂那裡——」

對於低頭謝罪的人見，佑真不想責怪他，他把鍋子的火關掉，蹲在人見面前。

「已經沒事了啦！是說，你被客人灌酒之前發生的事，就當作迫不得已，但你為什麼一喝醉就會變接吻狂？你的性癖是只要喝太多放飛自我之後，不論是誰都會想親嗎？」

昨晚佑真很鬱悶的思考著這個疑問，一問起這個疑問，人見就難得手足無措的支支吾吾。

岡山在後方：「這麼說起來，你以前也親過我呢！」說起了高中時期的人見。聽說他因為第一次喝的酒太美味，結果喝太多變成了接吻狂。竟然這麼久以前就開始這樣了，真是根深柢固。

「我不知道……不過，可能是覺得嘴巴空空的……」

一邊冒著冷汗一邊回答的人見，低著頭深深反省著。

「不過真是失禮耶，蓮少爺。奪走大家的吻還一直說著難吃難吃的。」

岡山邊笑邊懷念的說道。這麼說起來，他也對牛妖怪說超難吃。明明難吃為什麼還要親下去？真是搞不懂。

「……我記得昨晚最後超級美味的。」

往上瞄了一下佑真，人見小聲說道。昨晚的事情閃過腦中，佑真的雙頰發燙著。看來自己的嘴脣很美味。

「佑真……」

人見的手伸向佑真的手腕，但佑真反射性的往後退。這個行為似乎讓人見受到打擊，當場呆住。

「我亂來到什麼程度？應該沒有強硬……抱你……吧……？」

被人見一臉絕望的問著，佑真一面注意著岡山，一邊小聲說著「是沒有做到那程度」。人見似乎從佑真的語氣察覺出自己做到什麼程度，雖然鬆了口氣但他還是繃著臉低下了頭。

「我不會再喝酒了！」

做出悲壯的決定，人見如此說道：「就只喝一杯吧！」佑真這麼說著，然後幫忙人見站起來，把他趕出了廚房。

「蓮少爺是個認真的人啊！就算稍微玩過了頭，你還是原諒他一下嘛！」

或許是因為很疼人見，儘管岡山不知道內情但還是偏袒著他。裝做沒聽到的佑真，將沙拉盛進了容器裡。

牛怪們在大鬧特鬧之後，泡了溫泉，吃完早餐之後就回去了。只有女將去送它們離開，都跟人見都躲在後場。

回到後場的女將，都心意已決的對著她抗議。

「媽媽，拜託妳不要再讓那些客人來旅館了！」

當都不叫女將，而是叫媽媽時，就證明她生氣了。

「可是利潤很高啊……它們吃得多喝得多，住一晚就能有一百萬的營業額耶！只要妳肯稍微忍耐一下，就可以發獎金了喔？而且它們不用棉被，還可以不用洗衣服呢！」

女將諂媚的合起雙手，說著讓人驚呆的發言。

「媽，它們下次如果又來，我跟姊就會罷工。」

人見模樣疲憊的說道。

「啊——這樣我很困擾。我也不喜歡那些客人，但為了旅館的經營，也沒辦法吧？」

不願意正面傾聽兩人意見的女將，讓佑真心中打開了不知道是什麼的開關。

「——如果說到經營，身為女將該做的事，不就是保護員工嗎？」

佑真探出身子這麼一說，女將睜大雙眼呆住了。

「說起來，我認為女將妳把家族企業這件事想得太簡單了。妳是不是把自己的女兒或是兒子當作自己的所有物了？如果對方是人類的話，這次的事件要因為權力騷擾或是性騷擾被告也是無可奈何的。都小姐不是酒家女，人見不是牛郎。強迫他們做出太誇張的服務方式，以女將來說是不該有的行為。首先，就算那群客人不來住宿，預約也已經是滿的，我不覺得經營狀況有很差。雖然妳說只要忍耐一下就好，但這個忍耐是會消磨員工意志的行為。客人跟員工是對等的。員工只是因為收了客人的錢而服務他，雙方沒有必要支付凌駕這之上的代價。」

不給女將插嘴的機會，佑真一口氣滔滔不絕說完之後，現場氣氛整個安靜下來。女將身體發著抖，嘴巴張得大大的。

「你好厲害喔！佑真。」

都跟人見鼓起了掌。佑真在內心想著死定了，然後偷看了一下女將。他每次都這樣做，所以才會被職場的主管討厭。明明想著這個時候要閉上嘴巴，但回過神時，嘴巴就自己講了出來。

「我就喜歡你這一點啊！」

人見不知為何看起來很高興的微笑著。岡山則是一臉佩服的摸著下巴。而說到女將——不知是不是感到孤立無援，她咬著牙拚命忍耐，表情極度嚇人的瞪著佑真。

「少說大話了！你明明是個新人！」

被女將怒吼，佑真驚嚇的睜大雙眼。女將因為憤怒漲紅了臉，大力拍打著桌子。她這態度就像標準歇斯底里的女性。佑真原本想這麼說，但這只會火上加油，所以他還是保持沉默。

「我也是，我也是……!! 唔唔，可惡，我知道了啦！禁止那群客人來就行了吧！」

儘管生氣，但女將還是吞下了要求。都高喊萬歲、舉起雙手，不斷歡呼。

「這樣你就沒話說了吧！你這自大的新人！」

怒火中燒的女將離開了後臺。佑真被上司討厭是常有的事，但對方肯接受自己要求倒是很難得。每次的慣例都是被罵完就無疾而終。

「佑真，謝謝了。如果只有我們抱怨，我媽一定不會理我們的。」

被人見尊敬的眼神望著，佑真露出了苦笑。

「我應該要先說一句，我也能夠理解女將想要維持公司賺錢的心情啊！沒問題嗎？她生氣跑出去了……」

「她只是覺得尷尬而已啦！」

人見似乎不太介意的樣子，但佑真還是有點在意。畢竟他是住在這裡工作，跟女將碰面的機會很多。一邊想著希望也能跟女將相處融洽，佑真一邊回到了廚房。

這一天只有兩名客人，因此廚房很空閒。一頭白髮的美麗和服女性，與布滿黑毛、像個橡皮球彈跳的妖怪，聽都說這兩位是情侶。妖怪之間似乎不在意外表。

「這一陣子客人的數量會偏少，所以明天都就休假吧！」

會議上，女將用著非常溫柔的聲音說道。都因為突然的休息感到疑惑。照名單來看，明天入住的旅客數量為一位。

「蓮，你能幫忙去魚市場採買嗎？其他還有很多想拜託你買的東西。」

自從上次發生口角之後，不知道女將是否也有了自己的考量，態度整個大轉變。不僅說話變得溫柔，也經常說一些關心他們的發言。如果改變的方向性是好的，那佑真也沒意見，但都跟人見似乎都為此狐疑。

「還有明天的客人不需要餐點，所以岡山先生也休息吧！明天正好是要去醫院的日子吧？蓮，你就順便載他去醫院。」

「喔，那也載我一程吧！我想去買個衣服之類的！」

都一臉開心的說道。

「好啊！不過這樣就剩女將跟佑真了……」

人見有些擔心的看著佑真。

「我們上次不是吵架了嗎？所以我想趁這個機會，兩人好好相處。」

語氣感慨的女將凝視著佑真。原來她很在意之前吵架的事啊？

「我不覺得我們關係有變差啊！」

佑真看起來很訝異的說道，結果女將瞬間傻眼。

「所以你完全不在意這件事嗎!?什麼嘛，虧我還有所顧慮，對你這麼溫柔。不過，如果是這麼回事，那只剩我們兩人應該也沒問題吧！」

佑真會覺得女將變溫柔，原來是因為有受到她的關照啊！他們兩人獨處也沒什麼問題。他只需要煮女將跟自己的午餐，所以實際上也像是在休息。

「那麼趁這個機會，我也想跟女將討論一下薪資支付的系統。當今這個社會，用現金來付薪水是否妥當呢？」

佑真態度積極的一問，女將就「欸嘿！」的縮了縮脖子。前陣子他的第一份薪水下來了，但給的竟然是現金，讓他驚訝得不得了。就算下山去銀行再怎麼麻煩，佑真還是希望這方面女將能好好處理。連薪資條都是手寫的，真像一間昭和九年前的公司。

「佑真，加油喔！」

都自從上次就開始極力支持佑真。聽她說希望佑真可以趁此機會，解決所有女將一直以來敷衍以對的事情。

會議結束之後，佑真開始廚房的打掃。由於今天很清閒，他想把地板全面擦拭一次。畢竟不能讓岡山這個老者做一些會使用到腰的工作，所以佑真拿出拖把，開始勤奮打掃。

『今天沒有甜點嗎？』

當佑真開始刷起地板的時候，那個妹妹頭女孩突然冒出頭，一副無趣的問道。

「給妳我會被罵……」

佑真一直被人見叮囑不能跟妖怪有關聯。雖然冷藏庫裡還有剩餘的萩餅，但佑真狠下心來拒絕了她。結果妹妹頭女孩開始難過的啜泣起來。

「有這麼難過嗎？真沒辦法，只能給妳一個喔！」

小女孩的哭泣讓佑真因為罪惡感而忍耐不下去。他確認沒有任何人在看之後，便把冰箱裡的萩餅分了一個給她。

『太好了——』

妹妹頭女孩看似開心的跳了起來，她大口吃著萩餅，然後就不知往哪裡跑走了。

（那個妖怪到底是怎麼回事啊……她留著妹妹頭，會不會是「廁所的花子」那類的？）

來回看著小女孩消失的那一帶，佑真心中浮起了疑惑。

隔天冷到幾乎要結凍，天空布滿白色的雲，是這個冬天最冷的一天。

「那我出門一下喔！」

人見穿著羽絨外套，把車子停靠在玄關前面。岡山柱著拐杖坐進車，都也跟佑真揮揮手，她把頭髮放下，穿著很女性的外套，上面還有一圈毛。

「有什麼事就打電話給我。如果我媽說了什麼難聽的話，就抱歉了。」不知道是不是很擔心把佑真丟下，人見一直不坐上駕駛座。「我又不是小孩子！」佑真拍拍人見的背，目送他們離開。

中午前佑真打掃著廚房，午餐則是做了女將喜歡的高麗菜捲。他打算晚餐也要上這道菜，於是多做了一點冰在冷藏庫裡。等到了午餐時間，佑真把午餐端去後場後，女將就幫他泡好了茶。

「……為什麼你煮的菜會這麼好吃啊？」

一邊咬著高麗菜捲，女將一邊懊惱的說著。這是兩人第一次單獨吃飯，但佑真有種跟媽媽在吃飯的感覺，所以不覺得哪裡怪。

「喔……對於我掌握住了人見的胃，我感到很抱歉。」

一面喝著味噌湯，佑真一面道著歉。

「這不需要道歉吧！你是在意自己還沒回覆他求婚的事嗎？畢竟一旦結婚，也會跟對方家人有來往嘛！我可以理解你無法輕易點頭啦！因為我們家很特殊啊……不過你若是肯嫁過來，對我來說會幫助很大。」

佑真目不轉睛的盯著女將。她莫名可以理解的態度，讓佑真很驚訝。看來女將別說是反對了，似乎還是贊成他們在一起。她不重視無法有繼承人這個問題嗎？

「怎麼啦，你這個訝異的眼神。我那現在已過世的老公，當初入贅進來的時候還說煩惱到快禿頭了呢！有段時間，他甚至還跟蓮一起逃去了橫濱。」

「啊，那麼……」

人見說過他跟父親在神奈川生活過。看來她們夫婦之間也是發生了很多事。

「你們是分居嗎？妳是跟都住？」

「因為都無法在都市生活啊！我老公因為面對妖怪，所以就變成那個……所謂的精神衰弱吧……嗯，大概是這種感覺。」

女將有些難以啟齒的表明。精神衰弱這個字似乎踩到了女將的痛處。

「我啊，出生在世世代代做這種行業的家裡，所以早就習慣了。但我老公是中途變成可以看到妖怪的人，所以好像很痛苦吧！」

不知道是不是正在回想過往，女將低著頭。雖然很想知道她丈夫怎麼過世的，但是佑真無法問得那麼深入。

「別看我這樣，我可是很中意你的。我是非常希望你跟蓮在一起啊！還有關於薪水的事，下次我會確實用匯的給你。」

女將抬起頭，似乎已經恢復精神的將高麗菜捲放入口中。沒想到不用討論，女將就接受了他的意思。佑真用筷子將冒著熱氣的高麗菜捲切成一口的大小。一直以來，他跟上司爭吵之後最多就是被敬而遠之，看來跟女將應該可以建立不錯的關係。

（結婚啊——）

由於下午沒什麼事情做，佑真就待在房間看漫畫。明明是他喜歡的系列作新刊，他卻完全看不進去，腦中一直想著女將說的話，還有前幾天被人見欺負的事。

（我到底想怎樣呢……？該怎麼做呢？）

一開始是不想再也看不到人見那張自己最喜歡的臉，所以佑真才決定來這裡工作。他幾乎沒怎麼考慮結婚的事，覺得沒多久人見的熱意就會退去了。

可是在這幾個星期裡，佑真注意到自己的心情有了變化。他開始會把人見當作戀愛對象在意，會覺得煩悶、開心，連自己都追趕不上的情緒增加了。

（我會因為人見親了妖怪而鬱悶……那是嫉妒吧！）

雖然聽過人見會變成接吻狂，但實際看到還是第一次。對方是妖怪就讓佑真那麼不高興了，如果看到人見親別的人類，他一定會更生氣吧！

（我喜歡人見嗎……不，喜歡是喜歡，唔嗯——因為我本來是超喜歡人見，但現在變成不知道的狀態。）

在煩惱東煩惱西的時候，佑真開始打起瞌睡，晚餐的準備差不多都好了，就睡到傍晚左右吧！一邊這麼想著，佑真一進入夢裡的世界，就聽到不知從哪傳來的敲門聲。

「佑真，你有空嗎？」

被用力敲著門，佑真睡眼惺忪的坐了起來。

「怎麼了……？」

佑真邊打著呵欠邊開門，就看到女將站在那裡。

「你可以幫我把甜點端給客人嗎？我現在有點抽不開身。」

被女將一臉抱歉的拜託，佑真思考了一下。人見叫他不要跟客人接觸。

「拜託啦，我要趕快去準備浴室。那個妖怪肚子一餓就會死掉啊！」

被女將飛快的指使，佑真還來不及拒絕，女將就在走廊上跑走了。無計可施的佑真前往廚房，把準備好的酒饅頭放在盤子上。像在擺一座小山，佑真總共疊了十六個饅頭。不過肚子一餓就會死的妖怪，為什麼只有純住宿呢？

手拿著裝有酒饅頭的盤子，佑真爬上了二樓。原本以為客人會在客房，但對方似乎是在宴會場，從那裡傳來了一些聲響。

「打擾了。」

心中做好覺悟不知會看到什麼妖怪，佑真打開了宴會場的拉門。

「章魚！」

他一張嘴，就忍不住如此叫了出來。宴會場被一隻巨大的章魚給占據了。長長的章魚腳在宴會場的榻榻米上，像是很擠似的扭動著。雖然很想向後轉身離開，但佑真必須把端來的酒饅頭上給客人。正當他緊張萬分的時候，大章魚轉動著兩隻大眼睛，鎖定在佑真身上。

『是你嗎？』

含糊不清的聲音從大章魚口中傳出來，當佑真注意到時，長長的章魚腳捲上了佑真的腹部。

「啊！」

被章魚腳捲離地面，佑真大叫著激烈的扭動身體。大章魚靈活的把佑真抓到面前，然後用另一隻長腳把佑真做的酒饅頭，慢條斯理的送入口中。

『呵呵，真好吃啊……』

大章魚一個一個的咬著酒饅頭，看起來很滿足的吃完了全部。佑真在這段期間依然拚命的出著力，死命的想要解開章魚腳。但儘管他掙扎著想要脫逃，章魚腳卻黏黏滑滑的讓他使不上力。自己該不會死定了吧？佑真臉色都白了。

「那個，希望你能放開我……」

雖然很害怕，但是當佑真試著這樣控訴時，大章魚剩餘的腳開始高高低低動了起來。

『我現在就給你獎賞吧！』

被大章魚口中吐出的白色液體給從頭淋下，佑真「啊——!!」的慘叫著。臉上充滿了黏巴巴的液體，沒有比這個更噁心的事了。結果大章魚所有腳裡最細的那一隻腳伸得長長的，突然刺進了佑真的口中。

「啊……唔，嘔……!!」

大章魚的長腳通過他的喉嚨，來到身體裡面。就算照胃鏡的時候，也沒有這麼痛苦。而且大章魚的腳還伸到他腹部附近，狠狠翻攪著。

（啊，我要死了……）

不可思議的是這樣並不痛，但內臟被亂攪的噁心感，以及被長長的東西刺住的痛苦，讓佑真漸漸失去意識。他完全沒想像過自己會被妖怪殺害，結束這一生。

（人見……快來救我……）

早知道會碰到這種事，就不該留在旅館了……佑真在朦朧的意識中如此後悔著。

『呵呵，是這裡吧！把這裡像這樣……』

大章魚激烈的擺動長腳，不知道小聲說些了什麼。佑真一邊因為呼吸困難而作嘔，一邊一跳一跳的抖動著身子。

『不過你看起來還真是個美味的人類啊……如果沒有跟女將的約定，我真想嘗嘗味道呢！』

一邊厭惡身上布滿的黏質觸感，佑真一邊擺動著騰空的雙腳。結果，大章魚迅速拔出了伸進佑真口中深處的長腳，並且同時將他放在榻榻米上，原本捲在他身上的長腳也放開了。

「唔，嘔……！」

克制不住強烈的嘔吐感，佑真當場吐了出來。雖然他動著重獲自由的手腳想要離開這裡，但全身都使不上力。嘔吐感沒有平息，佑真一直吐到胃都空了。

「哎呀，這體驗好像有點刺激？」

不知從哪裡傳來女將的聲音。佑真的頭很重，無法抬起臉。

「我是真的很中意你啊！這樣做為我家的媳婦就無從挑剔了。」

女將說完之後，佑真感覺身體被抬了起來。他的眼睛睜不太開，身體很重，胃裡又有嘔吐感，讓他極度的不舒服。不知道到底發生了什麼事。在逐漸消失的意識中，佑真不知被帶去了哪裡。

意識一清醒，佑真發現他在自己的房間，睡在鋪好的床鋪上。

雖然他已經醒了，可是大腦無法正常運作，因此暫時發了一下呆。佑真的記憶點是到自己被大章魚攻擊，身體非常的不舒服。之後，一個像是女將的人，把精疲力盡的佑真從宴會場帶出來，這裡他也記得。

（怎麼了……身體好……熱……）

厭煩自己無力的手腳，佑真吐出了一口氣。全身在發燙，腹部附近在蠢蠢欲動著。佑真拚了命想要起身，哈啊哈啊的喘息著。腦中一片空白。他的眼睛充滿水光，全身變得敏感。

（騙人，為什麼……）

某個佑真知曉的感覺從腰間傳來，他因此感到了慌亂。性器變得堅挺，將衣服撐了起來。而且——另一個地方，也在微微發著疼。

「這……是怎麼……」

佑真拉下工作服的褲子，然後倒吸了一口氣。內褲溼了，黏著的液體從臀部的小穴流了出來。

「唔……哈……啊……！」

儘管他拚了命想思考，但卻因為滾燙的身體而什麼都沒辦法想。受不了的他脫下內褲，手摸上了性器。他好想射精。心中只想得到高潮。

「為什麼……！」

雖然套弄著性器想要到達高潮，但不知為何佑真完全沒有快感。若是平常的話，他應該早就射精，但現在卻完全結束不了。

當氣息紊亂的他腦中一片混亂時，突然響起了敲門聲。

「佑真!?佑真，我進去了喔！我聽說你被客人攻擊了——」

用力敲著門之後，人見沒等佑真回覆就進來了房間。他身上還穿著外套，看得出來他是一回來就跑來這裡。

「咦，費洛蒙的味道……!?為什麼會從你身上傳來？」

一進到房間，人見就捂著嘴一陣慌亂。佑真在人見面前以下半身赤裸的姿態橫躺著。若是平常他一定會羞恥的遮掩，但現在他的腦中一片空白，身體完全不能動，總之就是熱到難以忍受。身體深處非常疼痛，他不知道該怎麼辦。

「佑、佑真……」

人見的視線牢牢定在佑真身上，感覺房裡的溫度更上升了。

「人見……救我，身體好熱喔……」

佑真一邊流著淚，一邊像是呻吟的說道。人見的臉上泛起紅潮，短短一瞬間，他的呼吸就變得急促。人見後手關上了門，腳步蹣跚的在佑真面前跪下。

「發生……什麼事……了……啊，可惡！不行了！這味道太香，我什麼都沒辦法思考了……！」

人見抓亂了頭髮，他把行李丟下，粗魯的脫下外套。兩人視線交錯的瞬間，可以在人見眼中感受到猛烈的情慾之火。人見的呼吸變得比佑真還要粗重，讓人覺得是不是下一秒就會被他咬上。

「不知道什麼東西……從我屁股流下來。好不舒服……就算自慰也沒辦法高潮……好難受……」

佑真喘著氣尋求人見的幫助。人見的手發著抖，當佑真注意到時，他的雙腳已經被人見抬了起來。

「咿啊啊……！」

人見冰冷的手指突然伸進佑真的臀部中，佑真因此發出了高亢的叫聲。人見的手指像在攪弄佑真溼潤的小穴般動著。佑真一被這樣弄，就有一股非常舒服的感覺襲來，剛才明明一直無法高潮，現在卻隔沒多久就有白濁液體從佑真的性器噴出。

「啊！啊！啊……好……舒服……！」

佑真的眼角泛著淚，胸口劇烈的喘息著。他從來沒有把手指之類的東西放進臀部過，但他的那裡卻變得十分柔軟，輕易就能吞下人見的兩根手指。每當人見一動手指，佑真就會湧出蜜液，被快樂的波浪給襲擊。儘管剛剛才射過，但身上的熱度卻完全沒有消滅。

「佑真……佑真，對不起，我忍耐不住了。」

當佑真覺得人見的喘息聲變得更粗重了，下一秒他就聽到拉下拉鍊的聲音，接著溼潤的臀部被堅挺的性器前端給抵著。

「做什……做什麼？不……要……」

帶著雙眼朦朧的表情，佑真扭動著身子，結果人見折起他的雙腿，挺進了腰。

（進來了……？這是人見的——）

有個又硬又粗的長條物，強勢的進到身體深處。明明覺得難受又害怕，身體卻無比舒服，令佑真挺起了身子。太難以置信了。自己臀部的深處正接納著男性的性器。明明覺得不可能進得去，但是卻被人見勃起的性器一步一步闖進。密穴溼得一塌糊塗，變得十分柔軟，非常順利的吸進人見的熾熱，完全無法想像這是佑真的第一次。

「好棒……哈啊！哈啊……佑真，佑真！」

人見用力的將性器挺至深處，然後就在兩人結合的狀態下彎下身子，貪婪的吸著佑真的唇。

「啊！咿！啊啊……！嗯嗯、唔！呀啊……！」

身體深處的熾熱逐漸奪走佑真的意識。難受感立刻就消失了，只要被人見搖晃著腰部，就能品嘗到他從未經驗過的快感。彼此的喘氣聲都吵得不得了。佑真感到全身都很熱，像是麻痺了一樣。

「要射了……！嗯嗯唔……！唔……！」

在被人見唾液交纏的親吻之間，佑真被一股強烈的快感襲來，再度從性器射出了精液。不管射了幾次都沒有用。每當人見的性器在佑真身體裡面蠢蠢動著，他的性器就會變硬。

「佑真，佑真……哈——……！哈——……！唔！唔！」

人見似乎再也無法克制的頂進佑真深處，接著抖動著他的腰。感受出人見在自己身體內部達到高潮，下一瞬間，黏稠液體被噴射在佑真臀部深處。

「抱歉……哈啊……！哈啊……！我沒辦法忍住……！」

人見似乎有些慌亂的移開了唇。但不知道是不是他立刻就無法抗拒，再度深深吻上了佑真的唇。溼潤的猥瑣聲，從兩人的結合處傳來。人見似乎是射精完也沒用，再次瘋狂頂著佑真的深處。

「唔，啊啊！啊……！好棒……屁股，好舒服……！」

佑真像是說夢話般不斷說著，然後吸著人見的嘴唇。體會到未知的快樂，他雙腳夾上了人見的腰。

「佑真，你好可愛……好喜歡你……你裡面好舒服喔，熱熱的讓我快要融化……了……」

不斷的品嘗著佑真的嘴唇，人見吐出熾熱的氣息。連衣服都沒脫的人見，嫌惡滿身是汗的身體，將上半身抽離佑真。

「嗚嗚……不要走……」

儘管意識模糊但還是不想要人見離開，佑真伸出了手。人見將身上的毛衣脫掉，把襯衫敞開，然後握住佑真的手。

「佑真，啊……你的香味……讓我要瘋了……」

人見表情呆滯的說著，然後把佑真穿的工作服給剝除。人見一重新彎下身子，就吸著佑真的乳頭。

「咿！啊……！啊、啊……！」

被用力吸著乳頭，一股甜蜜的酥麻感傳到了腰間。人見的舌頭舔著佑真的乳頭，一被彈弄著，乳頭就尖尖挺了起來。另一邊的乳頭則是被手指玩弄著，佑真挺起身子甜膩的呻吟著。

「啊！啊！啊！乳頭，好舒服……！騙人……！要射了，要射……！」

被人見發出聲音的吸著乳頭時，精液從佑真的性器前端滴了下來。他的氣息滾燙，全身變得好敏感。

「你因為乳頭射了嗎……？你好可愛，佑真……啊，好想狠狠的侵犯你。」

哈啊哈啊的喘著氣，人見用舌頭來回舔著佑真太陽穴上的汗。因為人見的聲音感到興奮，佑真緊緊吸住體內含著的性器。

「佑真……好想把你變成我的……好喜歡你，我想吃掉你……」

人見一如此說完，就把性器從佑真臀部拔開。這一瞬間，濃稠的液體就滴滴答答的流到了床單上。佑真因為人見離開而寂寞的發著抖，結果下一秒身體就被翻轉成趴在地上。人見急忙把褲子跟內褲脫下，強硬的抬高佑真的腰。

「佑真……」

只有屁股被抬高的狀態下，人見變硬的性器再次擠了進來。小穴塞得滿滿的，被熱源給填滿，這極上的快感讓佑真的腰部痙攣著。

「好厲害……你裡面在蠕動……很舒服嗎……？」

在佑真的內部搖晃著，人見寵溺的小聲說道。佑真發出緊繃的叫聲，趴在了床單上。

「好棒，啊……！啊……！再用力一點頂，呀啊……！」

聲音高亢的尖叫聲，佑真晃動著腰部。很快的，他所期望的快感就來了。人見激烈的往上頂，硬邦邦的摩擦著深處。幾乎要窒息的快感，讓佑真流下了生理性的淚水。他似乎不知何時又射精了，床單溼成一片。已經高潮太多次了，好難受。

「佑真，我要射在你裡面喔……！佑真，我愛你！」

人見覆上佑真的身子，吸著他的後頸。突然間——脖子傳來一陣劇烈的疼痛，佑真痛苦的叫了出來。他的脖子很痛。人見咬住了他的後頸。

「啊，佑真……！我不會把你讓給任何人，你是我的……！」

被吸著後頸，佑真因為疼痛恢復了理智。他覺得自己好像被做了什麼不得了的事——才這麼想著，密穴就被深深頂著，快感又令他的思考變得散漫。疼痛被快樂給蓋過去了。每當人見的性器在內壁頂弄，就會響起佑真的嬌喘聲。

「咿！啊啊！啊啊……！呀，啊……！」

肉體碰撞的聲音在房間中迴盪，佑真的身體被貫穿著，讓他不禁懷疑臀部是不是會壞掉。沒多久人見的動作迎來巔峰，滾燙的液體灌注在佑真身體內部。

「佑真……佑真……」

射精之後佑真還是被舔著耳朵或是下體，全身上下都被人見揉弄著。性慾沒有終點。佑真在人見身下持續呻吟著，墮落進如泥淖般的快樂。

被輕輕搖著身子，佑真睜開重重的眼皮。探頭看向自己的，是表情絕望的人見。他的視野裡是赤裸的人見，以及——亂糟糟的床被。

「唔……」

佑真坐起沉重的身子，環看著四周。床被很髒亂，上面殘留著彼此的精液。佑真也是赤裸的，他身上布滿了無數性愛的痕跡。

跟人見做愛的記憶突然在腦中閃過，佑真頓時蒼白了臉。他反射性的拉過棉被，身子變得僵硬。

「對不起，佑真。對不起……我沒忍住……」

人見臉色慘白的低著頭。佑真原本以為他說的是做愛的事，但他動了動身體之後，很快就瞭解他道歉的原因。脖子——好痛。脖子不斷傳來痛楚，痛得他連摸都不想摸。

「我……怎麼了？」

努力回想著為什麼事情會演變成這樣，佑真感到腹部附近很不舒服。他被大章魚怪襲擊後，身體變得很奇怪，熱得令他受不了，並且變得十分渴望人見。

「佑真，你原本是β吧……？為什麼會變成Ω……？我媽打來跟我說你出事了，我先行一步跑回來……」

人見泫然欲泣的看著佑真。

「你就變成……Ω了……？」

聽不懂人見說的話，佑真按住不斷傳來刺痛的後頸。他的後頸，該不會——

「對不起，我失去了理智，沒有過問你的意思就……咬了你。」

腦中變得一片空白，佑真僵在了原地。這麼說起來，他在兩人的性愛過程中，好像被咬了後頸。α咬了Ω的後頸，這表示他們變成伴侶的番了……？

「……你可以讓我一個人靜靜嗎？」

無法思考任何事的佑真低聲說著。人見咬著唇凝視著他。雖然人見像要說什麼似的開了口，但佑真堅持的將視線轉開，人見就只好站起來。

留下情慾的味道，人見離開了房間。剩下佑真一個人之後，他立刻用毛巾壓住後頸，不知道是不是有流血，毛巾上沾有血跡。

佑真用毛巾將身體的髒汙擦去之後，就把散落一地的衣服撿回來。他漸漸回想起，自己跟人見一整晚徜徉在性愛之中。感覺身體很重，腰邊有種鈍痛感。可能是因為昨晚不斷接納著性器之故。身為男人的自己，被男人侵犯竟然會像那樣快樂，佑真現在還是無法相信，他的手腳顫抖著。內心混亂的佑真穿上衣服，把所有家當塞進了行李箱。

看了看時鐘，現在是早上十點。

佑真像個機器人般擺動著手腳，拉著行李離開了房間。

一來到外面，天空藍得就像什麼事都沒發生。看到庭院裡停著一臺小發財車，佑真搖搖晃晃的朝那走近。

現在正好是大和來賣菜的時間。由於佑真不在，似乎是都來代替他處理，兩人帶著自然的微笑在交談。

「咦，小哥……？」

大和注意到拉行李箱的聲音，他驚訝的睜大了雙眼。都也嚇一跳的看著佑真。

「不好意思，你能順道載我到下面嗎？」

佑真語氣毫無起伏的跟大和說道。

「啥？啊，好啊，這是沒問題啦……」

不知大和是否注意到佑真反常的模樣，他戰戰兢兢的點著頭。佑真將行李放進小發財車的副駕駛座，自己也坐了進去。

「咦，佑真，發生什麼事了？蓮知道你要走嗎？咦——！」

都不知所措的回頭看著旅館的方向。買賣已經結束的樣子，大和說著「那麼，告辭了」，並將帽子深深往下拉，坐進了車裡。

「佑真！等一下！」

或許是感受到外面的異樣，人見從旅館大叫著跑出來。由於大和瞄了一下副駕駛座，佑真於是用著生硬的聲音說：「拜託你快開車。」

大和駛出了小發財車。佑真在狹窄的副駕駛座抱著行李箱看向前方。旅館變得越來越遠，他稍微感到呼吸順暢了一些。

佑真算是思考型的人，他以為自己不論何時都會三思而後行。但是這次他的思考力嚇人的失去作用，想要立刻逃離這裡的想法支配了他。總之他想要遠離人見。他也不想待在宿舍，不論是女將的臉、都的臉，或是人見的臉，他都不想看到。

「發生什麼事了嗎……？是說你脖子受傷……咦？你是Ω嗎⁉」

一直朝佑真偷瞄的大和，不知道是不是在佑真低下頭的瞬間，發現他後頸上的咬痕，突然發瘋似的大叫了出來。

「我原本是β的‼」

自己也無法抑制的怒氣湧上，佑真大吼著。嚇一跳的大和縮了一下身子，有些不安的看著佑真。

怒吼之後，突然一股巨大的悲傷襲來，佑真壓低聲音哭了起來。大和一邊握著方向盤，一邊有些焦急的東張西望。幸好大和今天有來送貨。本來佑真是打算步行下山的，託大和的福他可以盡早離開這裡。

「那個，你別哭啊，小哥。那個……來，這個給你。把脖子遮起來比較好喔！」

不知道大和是不是覺得抖動著肩膀哭泣的佑真很可憐，他把一旁的格子圍巾塞給他。

「雖然我不知道發生了什麼事，但有些人如果知道你是Ω可是會亂來的。」

大和體貼的溫柔說道，並且像是為了讓佑真打起精神，也把咖啡遞給了他。感受到人情溫暖，佑真流下了大大滴的淚水。

「唔哇——小哥，拜託，真的別這樣！我超怕別人哭的！」

大和似乎是淚腺很發達的類型，他因為佑真的哭聲而跟著一起哭。佑真把臉埋進圍巾，放縱的大哭著。自己也不知道是在難過什麼，但眼淚就是一直不斷流出。緊緊抱著被眼淚浸溼的圍巾，佑真一時半刻沒辦法把臉抬起來。

7　Ω的生活

　　大和一把佑真送到有電車的地方，佑真就跟他告別。拉著行李的佑真，搭上電車前往機場。由於要轉乘好幾趟，所以花了他不少時間，但幸好有買到今天回去的機票，可以在傍晚七點左右離開高知。

　　佑真打從心底覺得好險他沒有把公寓退掉。

　　什麼都不想思考，在回去的路上，佑真就像個行屍走肉。東京就算來到夜晚依然燈火通明，讓人感到安心。隔了好久再度用鑰匙打開自己的公寓後，佑真往床上撲去。

　　手機裡有好幾通人見打來的電話，雖然也有留言，但佑真完全不想聽，就這樣放著不管。連澡都沒洗，佑真就穿著外套陷入了熟睡之中。

　　隔天約十點左右，房間變得明亮，佑真醒來之後，他的思考能力終於恢復了。

（我……真的變成Ω了嗎？）

還無法承認這件事，佑真沖了澡，換上衣服，然後就前往醫院。由於在山中生活，所以他都沒注意到，街上完全充滿了聖誕氣息。看了月曆才知道明天是聖誕節。他家附近的大型醫院候診處裡擺設著聖誕樹，窗上玻璃也看起來很熱鬧的寫著「聖誕快樂」。心中想著「我可沒有這種輕鬆的心情！」，佑真坐在候診處的沙發上，雙臂在胸前交叉著。他會來醫院，是想檢查他的第二性別。

等了兩小時，檢查結果終於出來了。幫佑真看診的是一位戴著黑框眼鏡，白髮蒼蒼的醫生。

「檢查的結果是Ω。從β轉換成Ω是很罕見的。」

被醫生直截了當的宣布，佑真也不得不承認，自己真的變成Ω了。以前他從來沒思考過有關Ω的事，所以對於生態或是應對措施都完全不知道。像是同情心情變得鬱悶的佑真，醫生教了他一些關於Ω的事。

Ω每三個月會有一次發情期，大約有一整個星期性慾會高漲，持續散發費洛蒙去。Ω會被稱作社會最下層也是這個緣故，為了不引來性方面的侵害，聽醫生說用抑制劑控制是很重要的。

「抑制劑的話政府會提供費用補助……咦？你有結成伴侶的番的對象嗎？我看你後頸有被咬呢！」

檢查完佑真的身體，醫師用手指推了推眼鏡。

「如果你有番，那就不會散發費洛蒙了。」

知道自己不會散發費洛蒙，佑真雖然有點安心，但心中同時又湧起巨大的不安。

「請問——所謂的番……是類似結婚那種感覺嗎？」

厭惡摸了依然會痛的後頸，佑真擔心害怕的問道。

「與其說是結婚，更像是打契約吧！一旦被咬了，就無法跟這個人以外的人進行性行為……你應該不是被迫的吧？就算訴諸法律，贏的機率也很低呀！」

像是被試探的問道，開不了口的佑真陷入沉默。

自己的身體變成無法跟人見以外的人談戀愛啊……

拿了一本寫有Ω詳細生態資訊的手冊，佑真無精打采的回家了。躺在床上，他不斷重複讀著手冊的內容。

隨著大腦汲取了新知識，佑真總算可以思考了。

恐怕就是那隻大章魚怪改變了佑真的性別吧！畢竟只有這個可能性，而且安排這件事的一定是女將。他是覺得應該跟人見無關，但也不能完全斷定。

他對妖怪應該更有一些危機感才對。仔細想想，都說過「有規定不能對我們這一家動手」。也就是說，佑真不屬於人見家的人，會產生被攻擊的危險性。

所以可能人見才會一直重複說他不用服務客人。

搞懂情況之後，佑真對於女將的憤怒就狂湧而上。但佑真就算去報警，他也開不了口說自己被妖怪改變了性別，再加上他也不想看到女將的臉，超不甘心只能自認倒楣。雖然佑真有覺得女將是很自我中心的人，但沒想到她的個性會這麼惡劣。

（是說，我接下來要怎麼辦……）

大大嘆了口氣，佑真用手冊蓋住了臉。

當初很想盡快離開，所以佑真就跑了回來，但身體竟然變成今後再也無法跟任何人相愛。擅自被變成番的悲傷也湧進佑真的心中，他感到無比憂鬱。那個時候，他應該有飄出費洛蒙吧！當下身體敏感到很誇張，享受被人見所侵犯。佑真並不討厭性行為這件事，反而還沉溺在初次嘗到的快感。但他就是無法原諒人見咬了他後頸的事。

（不過……人見也失去理性了吧……他雖然說過費洛蒙對他沒有影響，但結果不是影響超大的嗎？）

鬱悶的煩惱著，佑真又開始感到難過。從小他一直覺得自己就是「普通」。因為不論是外表、頭腦或是其餘大部分的事情，他從來沒有超過「普通」這個級別。可是人生來到這裡，他突然變成稀有種類的Ω。變成Ω他才知道。自己喜歡「普通」的自己。位於正中間的位置讓人感到安心。他並不是瞧不起Ω，但是一旦被丟進這個圈子裡，他就被一種無以名狀的不安給折磨著。明明他以前從來不會去注意，但現在只要網路上有Ω的新聞，他就會目不轉睛的去看。原本喜歡的烹飪不想做，也完全沒有心思看漫畫、打電動。一整天都在看有關Ω的社會事件，變得開始害怕外出。

外出時，如果發情期突然來了，他該怎麼辦？不管對方是誰，都想跟那個人做愛怎麼辦？醫生說抑制劑不是百分之百有效。而且一開始有發情期好像也會不定期的到來。據說只要有番就不會散發費洛蒙，但這是真的嗎？

（我再這樣下去就要瘋了……）

由於佑真不打算回旅館，所以必須找新的工作，但他的心情還沒整理好，於是一直躲在家裡。聖誕節也過去了，時間來到年底，馬上就要過新年了。人見自五天前就音訊全無了。或許是因為佑真不接電話，所以他已經放棄了。儘管早晚有一天必須面對他，但佑真現在還不想見他。

心想繼續這樣下去會一直悶在家裡，佑真在十二月最後一天，打了電話回家。

『咦？佑真。你不回來嗎？我們一起做年節料理啊！』

接電話的媽媽口吻悠哉，讓佑真莫名感到了安心。他開口問著是否可以暫時回家住，媽媽沒問理由就回答他沒問題。

小聲說著「那我現在回去」，佑真總算下定決定要踏出家門。

佑真的老家在橫濱，是間屋齡三十年的獨棟房屋，位於一整排外觀相似的房屋裡面。家裡從車站走路十五分鐘，他們是由父親、母親、妹妹組成的四人家庭，每個人都是典型的普通臉。

拉著行李箱一回到家，體態豐腴的媽媽及瘦得駝背的爸爸都出來迎接他。妹妹現在是大學生，據說在忙著社團活動。

「歡迎回來。快點來幫我吧！你煮的蜜黑豆最好吃了！」

還是一樣開朗的媽媽把佑真拉進廚房。佑真會開始做料理，是受了已經過世的奶奶影響。由於雙親都在工作，所以小時候佑真是跟奶奶及妹妹一起在家度過的。奶奶是個料理家，就小就教了佑真很多烹飪的技巧。也因此他現在比媽媽還會煮飯。

「新工作不適合嗎？但你不是在 mail 上寫說會努力嗎？」

一說到自己辭了工作，爸爸就有些擔心的問著他。一邊在鍋前調整火的大小，佑真一邊「嗯……」的含糊帶過。

正準備著晚餐時，妹妹陽菜就回來了。「咦，這不是哥哥嗎！」她跑來拍了拍佑真的背。佑真一家人的感情很好，晚餐也是一起吃的。在家人包圍下吸著蕎麥麵，佑真深深感慨有家人真好。自己一點也不「普通」。第一次知道自己很「幸福」。

「我有話想跟你們說……」

雖然不願意失去這平靜的時光，但佑真做好決心，跟大家坦白自己變成Ω的事。

「咦咦——!!」

全家人同時叫了出來，「真的假的！」、「騙人的吧！」、「你應該是β才對啊！」開始引起了暴動。佑真沉默的拿出檢查結果，結果這次卻是嚇人的一片安靜。不論是爸爸、媽媽，或是妹妹，從來沒人想過佑真的性別會改變，所以全部人都嚇呆了。

這個時候，家裡的門鈴響了。

由於門鈴一直煩人的繼續響著，仍然處於呆滯狀態的爸爸接起了對講機。他一臉狐疑的看向佑真。

「佑真，有位叫人見的客人來了……」

佑真瞬間刷白了臉，身體也變得僵硬。應該是人見跑來了吧！本來在想他為什麼會知道這裡，但仔細思考一下，他們唸同一間小學，所以他當然會知道佑真老家的地址。雖然有在想要不要請父親拒絕他，但考慮到人見下山跑來這裡的心情，佑真還是來到了玄關。

「女將!!」

一打開門，映入眼簾的是女將，佑真憤怒的豎起眉毛。他以為一定是人見所以才來開門，但卻沒看到人見的身影。女將穿著訪問和服手拿點心盒，一臉尷尬的站在那裡。

「妳還有什麼臉敢過來！」

一看到女將的臉，一股怒氣就湧上，佑真在玄關前面怒吼著。爸爸、媽媽跟妹妹則在後面偷看著他們。

「你不要這麼生氣嘛！是我錯了！因為我很中意你，心想把你變成Ω發生既定事實，你就會想跟蓮結婚了！啊——拜託別關門！」

發現佑真想要回到屋裡，女將飛快的用木屐夾住門。

「我在反省了！我超級有在反省的！蓮跑出去了，溫泉也不出水了，你離開之後，我們旅館就變得慘兮兮了！」

雖然佑真一臉凶狠的想把女將趕走，但被她極度可憐聲音的哀求，佑真於是停下了動作。

「人見，跑出去了……？」

佑真一皺起眉，女將就沮喪的低下了頭。由於被媽媽說如果在門前吵鬧會被鄰居傳閒話，佑真只好放女將進到玄關。不然本來他是連女將的臉都不想看到的。

「真的非常抱歉……你生氣也是理所當然的，如果下跪能讓你消氣，我已做好覺悟，要我做幾次都願意！」

女將語調誇張的在玄關屈膝坐下。

「這不是道歉就能解決的事情。妳徹底毀了我的人生，竟然還有臉來找我呢！比起這件事，妳剛才說人見跑出去了？」

人見是五天前不再打電話來的。他跑去哪裡了呢？

「我先跟你說，蓮跟這次的事情完全無關。是我擅自決定改變你的性別。那之後，我跟蓮大吵了一架，當晚他就離開旅館了。本來我跟都和岡山三個人勉強消化了旅館的工作，但很快溫泉就不出水了。如果沒有溫泉，客人也不會想來，一組接一組的取消，旅館變得有夠冷清。這些全都是因為我做了蠢事，一定是的……」

女將垮著肩，深深的低頭致歉。雖然佑真覺得這跟他離開的事沒有因果關係，但看起來她似乎受到了懲罰，讓佑真感到有點痛快。

「人見去哪裡了？」

「打給他也接不通，我完全不知道他去哪裡了……他因為你的事暴跳如雷，可能已經不理我了吧……」

俯瞰著垂頭喪氣的女將，佑真搔了搔頭。他身後的家人還沒搞懂是怎麼回事，不斷來回看著女將及佑真。

「這是妳自作自受啊！」

佑真沒別的話好說，他直接對女將說道：「妳繼續留在這裡只會讓我困擾，快回去吧！」

「真的很抱歉啊！我很喜歡你，所以才想不計手段讓你嫁進來。」

總是個性強硬的女將，低聲啜泣了起來。看來她是打從心底在反省，這讓佑真的怒氣稍微減弱了一些，但又湧起一股別的憤怒。

「所以就算我這個男的媳婦候選人來，妳也沒有表現出討厭我的樣子，是因為妳覺得只要改變我的性別就好了？」

現在試著回想了一下，女將的態度很奇怪。她明明想要繼承人，但就算身為β的佑真來，她也完全不在意。這全都是因為她心中想著只要拜託那個妖怪改變佑真的性別就好了吧？

「是的……對不起……」

女將老實的承認，垂下了頭。雖然佑真感到傻眼，但此時此刻女將毫無推脫之詞的承認，讓他心情也平復了一些。佑真很不喜歡撒謊。同時的，他也不喜歡別人對他撒謊。所以女將向他吐露真實的心情，緩和了他的怒氣。

「我知道了，請妳回去吧。雖然我不打算回去旅館，但我接受妳的道歉。」

佑真嘆著氣如此說了之後，女將就留下點心盒，不斷低頭道歉的回去了。點心盒的袋子裡，還有薪水跟其他的文件，這讓他不用再回去拿，的確是幫了他大忙。

「到底發生了什麼事？」

被爸爸一臉困惑的問著，佑真不知該怎麼說明的低聲「嗯——」了一下。就算他說自己被妖怪改變性別了，也只會被一笑置之吧！最後「因為在公司發生了問題，所以我就辭職了」，他只說到這種程度而已。

不過人見會是跑去哪裡呢？仔細想想，人見一定也是被女將拖累的那方。他就是典型的因為父母親太過武斷而吃苦頭。雖然溫泉不再出水很可憐，但這有可能是上天要他們別再經營旅館了。

佑真在自己老家裡的房間躺下，確認著有沒有來自人見的聯絡。果然什麼都沒有。人見的失蹤讓人很在意。佑真煩惱著要不要寫 mail 問人見在哪裡，但想不到好內容他就關上了手機。

『給我甜食吧！』

躺在床上的佑真，突然有人在他耳邊小聲說話，讓他嚇得跳了起來。床的旁邊，站著那個妹妹頭小女孩。

「妳、妳是！」

旅館那個妹妹頭小女孩在他房間！

『我跟著哥哥你過來了！』

被小女孩一臉天真的笑著，佑真感到啞口無言。在老家看到妖怪，跟在旅館看到妖怪又是不同的感覺。其實她好像一直都在，只是佑真一直沒有注意到她。佑真擔心自己會不會遭受不利，所以把今天煮的黑豆從一樓端來給她。佑真總覺得只要給她甜食，就不會發生不好的事。

『好好吃！』

乖巧的坐在床上，妹妹頭女孩吃起了黑豆。突然想到她會不會知道什麼人見的事，佑真也在她的旁邊坐下。

「那個，人見……蓮不見了，妳知道他去哪裡嗎？」

她是旅館的妖怪，所以應該會知道人見的事情。果然，妹妹頭女孩歪頭看向了遠方。

『蓮啊，跑去妖怪的村莊了。不知他能活著回來嗎？』

被她說了這句令人毛骨悚然的話，佑真感到了不安。雖然他不知道妖怪的村莊在哪裡，但可以確定的是，絕對不會是個多好的地方。

「那個地方這麼可怕？人見不會被吃掉吧？妖怪村是在哪裡？」

心中湧起了不安，佑真不斷問著妹妹頭小女孩。

『那是哥哥你不能去的地方喔——但你如果跟蓮結婚就可以去了啦，不過那可是超可怕的地方耶？我也都不太常去了。蓮是有非去不可的理由呢！』

妹妹頭小女孩邊發著抖邊說。佑真更加擔心了。但那卻是自己不能去的地方。

（人見，你到底在做什麼啦……）

無法理解人見的行為，佑真被坐立難安的心情給折磨著。

在老家過年的這段期間，佑真十分在意人見的事。人見還是一樣音訊全無，佑真傳的 LINE 訊息也沒有讀。雖然不知道是真的還是假的，但妹妹頭小女孩說人見跑去妖怪村，佑真很擔心他是否還活著。

「超厲害的，你們聽我說！我抽到商店街的獎項了！」

新年假期結束了，這個變得更加寒冷、一月中旬的星期天，去採買東西的佑真媽媽很興奮的回到家大叫。

「是沖繩的雙人旅行耶！可以跟媽媽去的幸運兒會是誰呢？」

媽媽把她抽中的沖繩旅遊卷現給大家看。這時爸爸跟陽菜正在暖爐前面吃橘子，因此兩人的眼神同時都亮了。

「應該是爸爸我吧！夫妻間恩愛的沖繩旅行，這可是理所當然的！」

「爸爸你在說什麼！我要去啦！每次都你們兩人去太奸詐了！人家也想去沖繩啦！」

在暖爐面對面的爸爸跟陽菜開始爭論起來。由於可以免費去沖繩玩，兩人都十分認真。

「我不用喔！乾脆再湊一人份的旅費出來，你們一起去不就好了？」

佑真提出了折衷方案，於是家族會議開始了。雖然說是一人份的旅費，但去沖繩的旅費似乎也不是輕易就能拿出來的。

「不過，我們家最近還真走運呢！中獎運變得超好。爸爸也升官了，鄰居說要給我們伴手禮，結果竟然是螃蟹……我們家原來沒有這麼好運的啊？」

陽菜一邊剝著橘子，一邊不可思議的說著。沒錯。原本以為會以萬年科長結束工作生涯的爸爸，竟然升到了課長，讓佑真全家上下都歡天喜地。畢竟聽說是爸爸的直屬課長發生驚動警察的問題，所以爸爸才會突然升官。已經習慣在別人下面工作的爸爸，還買了《站在頂點的條件》跟《上位者該做的事》這類的啟蒙書來埋頭苦讀。

就連商店街的抽獎也是每年都有參加，但目前為止都只有把面紙帶回家而已。「是不是有福神降臨到我們家啊？」陽菜笑著如此說道。

「是呀……」

佑真看了看家人們的臉，然後偷偷瞄了一下斜後面。那個說跟著他來的妹妹頭小女孩，正在佑真後面乖巧的坐著。佑真可以如此清楚的看見她，但其他的家人卻似乎完全看不到。

（該不會是妳的法力吧？妳是福神嗎？）

默默在意起來的佑真，偷偷把橘子遞給了她。妹妹頭女孩露出了一個微笑，開始吃起了橘子。

雖然希望只是自己多心，但自從這個小女孩來到家裡，他們家開始變得運氣很好。在商店街抽獎可以抽到頭獎，也常常會從親戚或是朋友那裡收到東西。在煩惱工作怎麼辦的佑真，之前工作的旅行社也來跟他聯繫，說因為人手不足很頭痛，希望佑真可以來幫忙，就算是打工也可以。由於還有房租要付，所以打工的邀約讓佑真非常感激。他還沒決定接下來要做哪種工作。要去餐飲業工作，還是去之前工作的那種旅行社，他很猶豫。

「做為提前的慶祝，今天去吃壽司吧！」

爸爸做出了提議，全家都表示贊成，於是就決定晚餐要去吃迴轉壽司。

一來到外面，天空飄著細細的雪。今天非常寒冷，圍巾跟手套都是不可或缺的。一邊吐著白色的氣息，一邊來到位於走路五分鐘距離的迴轉壽司。這裡價格實惠又好吃，因此生意很好，星期天晚上的用餐人潮非常多。照著順序等待入坐之後，佑真一家人一面閒話家常一面吃著壽司。

一直賴在老家的佑真，不論爸爸或媽媽都沒有催他何時要去找工作，也沒有叫他回去自己租的公寓。仔細想想，他的父母都是屬於慢郎中那型，從小就悠閒的撫養他長大。

人見一喝醉就會變成接吻狂，可能是他心中有什麼壓抑的事。畢竟他成長在很特別的環境，父親又很早就過世，所以內心應該承受著許多事吧！雖然人見不論對誰都很溫柔，給人的印象很好，但是長期跟那種母親相處應該也會有很多衝突。佑真後悔自己應該要多挖掘人見的心情，聽他傾訴才對。

（唉，又在想人見的事了……）

一面吃著鮭魚卵壽司，佑真一面搔了搔頭，想要忘掉這件事。就算跟人見分開，但他還是很在意人見的事，都是因為人見失蹤了。

「唔哇！好冷！」

用餐約一個小時，一家人吃飽了離開迴轉壽司，發現不知何時開始積起雪了。陽菜把圍巾圍了好幾圈，然後很誇張的直喊好冷。雪的結晶變大了，溫暖的身體迅速的變冷。佑真他們快步走著，想要快點回去，結果先行一步的陽菜突然停住不動。

「我們家前面站著一個大帥哥！」

陽菜高聲叫著，挽住媽媽的手。媽媽跟爸爸納悶的想著會是誰，然後回頭看向佑真。

「啊……」

站在自家門口前的高個子帥哥回過頭，跟佑真四目相接——是人見。他的頭上及肩膀上積著雪，黑色的夾克有點變白了色。恐怕是佑真他們前腳剛走人見就來了吧！很久沒看到人見了，佑真發現那張他喜歡且引人注目的帥氣臉龐，看起來十分憔悴。臉頰消了下去，太陽穴有瘀青，脖子還纏著繃帶。雖然不知道發生了什麼事，但他看起來非常疲累。

「人見……」

佑真不禁走近一步，結果人見的雙眼微微的溼了。

「抱歉，擅自跑來這裡。感覺你好像沒有回公寓，所以我想說你會不會回老家就跑過來了。我有話想跟你說，只要一分鐘就好了，拜託聽我說一下。」

人見不知道是不是喉嚨受傷了，聲音很沙啞。佑真可以從人見的眼神看出，他是帶著很大的決心而來。

「朋友嗎？請他上來呀！抱歉讓你在這麼冷的地方等啊！」不知道內情的媽媽用著開朗的聲音說著，她跟人見揮揮手，邀請他進來家裡。

「對呀，這樣會感冒喔！快進來吧！」爸爸也笑咪咪的打開玄關大門。而陽菜從剛才開始就兩眼發亮。「哥哥，那是你朋友!?也太帥了吧！」一直戳著佑真的後背。長得不漂亮也不醜，一臉普通的陽菜也跟佑真一樣喜歡帥哥。

「可是……」

人見像是在顧慮佑真，有些猶豫不決。

「……不介意的話就進來吧！總之，幸好你沒事。」佑真假咳了一下，然後邀請人見進來。由於他一直很擔心人見，所以看到他平安無事，心中放心不少——這點就是他的祕密了。表情緩和了一些，人見點點頭進入了佑真家。

讓人見進到自己房間後，佑真便打開電暖氣，讓房間變溫暖。一把人見穿的夾克掛起來，就看到他到處都受了傷。不僅有很多擦傷跟割傷，而且還瘦到讓人懷疑他到底有沒有好好吃飯。妹妹頭小女孩都說不知道人見能不能平安回來了，所以他果真去了危險的地方。很想知道他去的理由還有受傷的狀況，佑

真覺得很煩躁。不知是不是因為兩人之間發生了很多事，導致佑真沒辦法像以前那樣輕易開口跟人見說話。

「你的房間……跟小時候一樣，都沒變呢！」

看著佑真房裡的書架跟牆上的海報，人見微微笑著。據人見所說，他小學的時候有來過佑真房間一次。聽說其他還有好幾個同學也在場，但佑真完全不記得了。比起這件事，隔了很久再次靠近人見，身體竟莫名的發燙，這讓佑真覺得很不可思議。該說是在意人見的關係嗎？還是因為近距離感受到人見的味道及體溫所致。

「喝茶可以嗎？一定很冷吧？喝茶暖和一下吧！」

佑真媽媽拿著托盤過來，上面有茶跟銅鑼燒。道著謝收下之後，佑真便把托盤放在地上。當她一離開，人見再一次在地板上正座，向佑真低下頭。

「佑真，對不起。雖然這個問題道歉也不會解決，但是請讓我向你道歉。我很抱歉把你的人生變得這麼奇怪。」

俯視著人見的髮旋，覺得尷尬的佑真盤腿坐了起來。

「女將在除夕那天有來喔！我知道錯在女將身上。」

佑真嘆了口後如此說道。人見像是很訝異的抬起頭。

「但我很氣你咬我脖子的事情。你是在無視我意願下做的吧？我不能容忍這種控制型的慾望。」

佑真傾吐著自己的心情，人見立刻刷白了臉。

「我無從反駁……你說得沒錯。」

人見的呼吸變得急促，佑真感到自己的怒氣緩和了不少。人見有在自我反省。雖然人見的舉動很自私，但是佑真沒有興趣鞭打一個有在反省的人。

「……那個時候你失去了理智，所以還有從輕量刑的餘地。我雖然還沒有辦法原諒你，但是怒氣有減少一點了。」

覺得垂頭喪氣的人見很可憐，佑真稍微笑了出來。人見的雙眼微微溼潤，小聲的說著對不起。

「——佑真，你可以再來一次七星莊嗎？」

這次人見抬起臉的時候，竟說了佑真意料外的發言。

「其實那之後，我去找了那個妖怪。我想請它再次把你的性別變回來。」

佑真驚訝的張大了口。沒想到他去妖怪的村莊，就是為了尋找那隻大章魚怪？然後受了一堆傷？

「我已經安排好預定，請它從明天來住一晚。為了變回你的性別，雖然很抱歉，但是必須要麻煩你來一趟。只要性別變回去了，番的契約應該就會消失。那個時候，我在生物本能的驅使下咬了你的脖子……我後來後悔到快死掉。除了這個以外，我想不到其他道歉的方法。」

人見認真的口吻，打動了佑真的心。雖然咬佑真的後頸是個錯誤的行為，但是人見事後有去思考，怎麼做才是對佑真最好的辦法。他並沒有無視佑真的想法。

「你去了……妖怪的村莊嗎？我雖然不太清楚，但那裡很危險吧？一路都還好嗎？」

佑真不禁湊上前一問，人見就露出了苦笑。

「嗯……可能有好幾次都滿危險的吧！為了得到那個妖怪的情報，我的手機被牛頭怪拿走，所以沒辦法用了。」

沒辦法跟人見取得聯絡原來是這樣的理由啊！佑真覺得很感動，人見去了一趟他連想像都無法想像的大冒險。人見果然是個足以成為男主角的男人。

「……雖然我很高興可以變回 β，可是要再來一次那個觸手 play 嗎……？」

突然想起那隻大章魚怪，佑真打了個顫。長長的腳伸進他的喉嚨，把他的內臟攪得一團亂。這可不是輕易說做就做的玩意。

「抱歉……沒有其他方法了……」

人見看起來很抱歉的皺起了眉頭。這雖然是個惱人的問題，但是自從變成Ω他每天都戰戰兢兢，生活變得很痛苦。一想到人見跑去妖怪村交涉的辛勞，佑真也只能點頭了。為了恢復性別，他必須忍耐。

「我知道了。明天是吧，我去。」

佑真下定決心的說完之後，人見便放心似的總算露出了微笑。看到他的微笑，佑真明白人見一直以來把自己逼得多緊。

此刻，佑真發現人見是會把事情放在心裡的個性，而他則是想到什麼就全部說出來的個性，看來人見跟他相反。

「那我們明天在機場會合吧？旅費我會出的。」

人見站了起來，讓佑真驚訝的伸出了手。

「你今天晚上要怎麼辦？你這裡沒有房子吧？」

「我會找間商業旅館來住。」

人見慌慌張張的穿上夾克。他茶也還沒喝，身體應該也還沒變暖和。

「你等身體暖和一點再走也可以吧？也可以住我家啊……」

在意人見的態度，佑真拉住了他的手。結果人見的臉頰浮上紅暈，視線不斷游移著。

「……抱歉。待在這裡會聞到你的味道，我又會想要把你撲倒……」

人見有些羞於啟齒的輕聲說道，讓佑真頓時紅了臉頰。人見特意不看佑真的臉，然後打開了房間門。

「明天，八點在羽田見。」

人見簡短的告知集合場所，就慌張的下了樓梯。察覺到人見要回去，佑真媽跟陽菜都送他到玄關。

「很抱歉突然跑來打擾。」

人見擺出業務用的笑容，低頭致歉後便回去了。佑真呆愣著目送他離去，靠在牆上。

「哥哥，你臉好紅喔？」

被陽菜納悶的問著，佑真突然回過神來，用力擦著自己的臉頰。是被人見的熱度感染了嗎？連佑真的體溫都變高了。

「沒事。我明天要出去一下。」

不想被問起自己跟人見的關係，所以佑真語氣冷淡的說著，躲回了房間裡。回到房間，人見的味道已漸漸消失，這讓佑真感到十分寂寞，連他自己都感到動搖。這就是跟人見變成番的害處嗎？跟人見一樣，佑真也會感受到對方的味道及體溫。如果一直跟他共處一室，可能就會變得想要被他抱了。

（糟糕……一想到那天我就硬了……）

那晚被人見抱的記憶鮮明的甦醒，為了擺脫這些畫面佑真躲進了被窩。他一直把這些記憶趕到腦袋的角落，但因為跟人見講話，又清楚的想起來了。

今晚還睡得著嗎？佑真吐著熾熱的氣息，閉上了眼。

隔天一早開始就下著小雨。昨晚睡不太著的佑真幾乎沒什麼睡。吃了母親偷懶做的早餐，佑真只把一天份的換洗衣物塞進背包，然後就出門了。他搭著電車前往羽田機場，在碰面地點與人見會合。人見穿著跟昨天一樣的衣服，臉色看起來比昨天稍微好一些。

「謝謝你來。」

人見看起來有些安心的笑了。

辦好登機手續，兩人搭上飛機前往高知。上次佑真回來的時候，還想說不會再去高知了。佑真搭飛機的時候一邊祈禱著，一邊希望回程的飛機上他已經變回β了。

高知機場換搭人見的車之後，他們在綿綿細雨中前往七星莊。由於車子的空調壞掉，在車子裡面有點冷，於是兩人都穿著大外套。從機場到七星莊，是單趟開車將近要五個小時的路程。如果是之前，他們早就輕鬆的快樂聊著天，但由於發生了很多事，不論人見或是佑真都變得沉默無言。

（雖然事到如今還說這種話，但我跟人見做過了耶……不過因為那時頭腦不太清醒，所以我只記得片段就是了……）

一坐在副駕駛座，佑真就會十分在意人見的手臂、脖子上的筋，還有帥氣的側臉。細雨打在擋風玻璃上，雨完全沒有要停的跡象。為了不看向人見，佑真將視線投往外面的景色。

在最後一個休息站休息是下午兩點左右。那之後的一個小時，佑真一面看著雨一面隨著車晃動。而他開始變難受，是人見跟他說大約再一個小時就會到的時候。

（咦？咦……我好像……不太妙了……）

心跳變得飛快，身體開始出現熱度。氣息很熱，腦袋有點昏昏的。最奇怪的是，他感到開始有熱源聚集在腰間。

（咦？咦？我為什麼……會興奮？）

佑真完全不知道原因，但該說他是腰部很熱，還是說他下腹部在蠢蠢欲動，或者單刀直入的說他的臀部已經溼了。

（真的假的啦！我頭腦有問題啊！為什麼會在這種地方產生慾望！）

把臉轉向窗邊，佑真拚命的用外套遮住前面，僵住不動。可以想到的是，味道。人見的味道讓他身體中心開始發燙。不知道是不是空調壞掉的緣故，待在同一輛車裡，他一直聞著人見的味道。而人見的味道讓他興奮，下腹部起了變化。如果沒有下雨，就可以問人見能不能開窗了。要是被人見發現怎麼辦？

佑真開始冒著冷汗。

「……佑真……」

人見突然小聲的冒出一句話。

「是、是!!」

該不會被他發現自己是個在不毛地帶勃起的變態傢伙了?佑真高聲回應著。他反射性的看向駕駛座,看到的是臉頰冒出紅暈的人見。

「你……發情期來了?是不是有費洛蒙跑出來?」

堅持面向著前方,人見小聲的說著。嚇一跳的佑真看向人見的下腹部,發現他也跟自己一樣興奮了。幸好不是只有自己,太好了。感到放心的佑真放鬆了肩膀的力量。

「我想應該不是發情期……還有醫生說不會有費洛蒙……」

依照手冊上的說明,發情期應該會是更厲害的感覺。他們可能只是單純互聞對方的味道,因此興奮了而已。

「是喔……抱歉,我找個地方停一下車。我想……只要呼吸一下外面的空氣……就能冷靜下來了。跟我在同一輛車裡,你很害怕吧?我絕對什麼都不會做的。」

做出悲壯的決心,人見這麼說著。

「不會啊，你又不可怕吧……」

有些慌亂的回問之後，人見像是很訝異的看向他。

「你不怕嗎？有可能會被我撲倒耶？」

被人見語氣懷疑的問著，佑真才第一次意識到，在人見的想法裡，那晚是他強占了佑真。

「我忘了跟你說，做……那晚被你抱的事，我完全沒有生氣。而且很舒服啊！」

「咦!?」

要是人見一直誤會下去就太可憐了，所以佑真選擇著用詞一說，人見就表情錯愕的看向了佑真。他的臉變得更紅了，所以連佑真也紅了臉頰說「你看前面！」然後移開了視線。通過肌膚的狀態可以知道人見的體溫上升了。

「是……這樣喔！我還以為你一定……那個，我也是超級舒服……的……」

人見難得語無倫次的說出真心話。

「是、是喔……」

臉頰變得發燙，佑真緊緊閉上了嘴巴。感覺到車內開始瀰漫一股粉紅色的空氣，佑真把手握成拳頭又放開。身體出汗了。那一晚的事情再度甦醒，佑真的腰間開始疼了起來。

（好像真的……不妙啊……）

佑真可以感覺到，蜜液從臀部流出弄溼了內褲。Ω的身體真是麻煩。就像女性會從陰道流出愛液一樣，佑真的臀部也會讓愛液溢出。臀部深處在一跳一跳的刺痛著，佑真的雙眼泛著水光。

「抱歉，我可能會把座椅弄溼……我屁股變溼了……」

佑真用著幾乎快要消失的聲音小聲說著，結果人見就突然踩下煞車。突如其來的煞車讓車子大大晃了一下。嚇一跳的佑真回頭看向駕駛座，發現人見充滿慾望的雙眼正貪婪的看著佑真。兩人視線交纏在一起的瞬間，彼此都明白他們在渴望對方。心跳快得像在打鼓。

人見一面吐著火熱的氣息，一面繼續開動車。

「前面……有個可以停的地方……我可以停在那嗎？」

聲音像在強硬克制住快要滿溢而出的情緒，人見輕聲說著。佑真還沒有不解風情到問他停下來要做什麼。

「我也，想要這樣做……」

佑真屏息說道。車子的速度加快，兩人的鼻息都變得粗重。

開了約十分鐘的地方，在林中的道路上有條岔路。人見毫不猶豫的將車開過去，停在路旁。

車內一片安靜，人見將安全帶解開。佑真也用顫抖的手將安全帶解開。人見立刻彎身來到副駕駛座，手撫上佑真的臉頰。似乎有些猶豫的人見停下了動作，於是佑真按捺不住的吻上了他的唇。人見的手拉過佑真的脖子，粗魯的吸吮著他的唇。接吻的感覺很舒服，佑真也半瞇著眼回吸人見的嘴唇。交疊的雙唇中，人見的舌頭潛了進來。將自己的舌頭纏上人見的舌頭，佑真眼神朦朧的不斷激烈回吻人見。

「佑真……」

接吻的空檔中，人見語氣熾熱的輕喊，然後隔著衣服從路撫摸著佑真的臉頰、後頸、鎖骨及胸前。佑真的雙手一環繞住人見的脖子，人見就一邊吻著他一邊將手伸進他的毛衣。被人見隔著衛生衣粗魯的用指尖探索乳頭，佑真嚇一跳的抖動了一下身子。他知道被摸之後自己的乳頭變硬了。被指尖彈弄著，乳頭撐起衣服變挺了。被隔著衣物用力揉弄著，佑真吐出了甜蜜的呻吟。

「人見……啊！啊！好舒服！乳頭……」

親吻及乳頭的刺激，讓佑真的腰間頓時聚集著熱能。明明不是女性卻因為被玩弄乳頭而一直發出甜膩的叫聲。一被同時玩弄兩邊的乳頭，佑真身體內部就湧起一陣快感。

「這、這裡不會有人經過嗎……？」

緊緊貼在人見身上，雙眼溼潤的佑真如此問著。

「這種地方不會有人來的。佑真，你有辦法過來這裡嗎？」

人見挪動座椅，將椅背往後放倒之後伸出了手。佑真在狹窄的車內搖搖晃晃的移動著。他跨坐在人見身上，雙手環抱住人見的背後，熱情的索取他的唇。

「你這裡，真的……溼了……」

人見的手揉著佑真的雙臀之間，用著誘惑般的語氣啃咬著他的耳朵。被隔著褲子戳弄著臀部的密穴，佑真的腰間開始顫抖著。內褲溼得一塌糊塗，讓人感覺難受。佑真喘著氣摸上皮帶，將褲子脫下之後，人見也同樣的解放了下身。兩人裸露出來的性器都高高翹起，讓人更加興奮。

「這麼溼了啊……？」

人見將手指伸入佑真的密穴，輕聲說著。感到極度害羞的佑真，將臉埋進人見的胸口。人見的手像在擴張似地動著，讓佑真屏住了呼吸。

「不、不要說出來……！我後面已經，不行了……啊……！哈啊……！啊……！嗯唔！」

密穴已經變得十分柔軟，感覺再被繼續弄下去，佑真就會把人見弄得髒兮兮。

「拜託，可以進來了……我忍不住了……」

佑真喘息粗重的在人見耳邊小聲說著。人見的呼吸也變得急促，他把佑真的腰部靠向自己的性器。

「我進去了喔……？」

被氣息紊亂的人見問著，佑真「哈啊哈啊」的喘著息，然後點點頭。眼神充滿性慾的人見，將又硬又挺的性器，抵在佑真的小穴上。

「你慢慢坐下來……」

小穴被人見的手指撐開，佑真一邊喘著氣一邊坐下。由於褲子卡在膝蓋處，佑真沒辦法把腳張得太開，因此有點難進去，他用力往下坐，人見的前端便嵌進他的身體裡面。

「啊啊……咿！哈……！好燙……！啊……！」

人見的性器霸道的進到佑真體內，又硬又燙，讓佑真的裡面都快融化了。性器通過內壁的感覺實在太舒服了，佑真一口氣坐到了底。

「呀啊……！哈啊……！啊！啊……！」

身體深處一被火熱之物貫穿，含住性器的深處開始收縮，一股又麻又酥的痛感在體內流竄。雖然佑真有點自虐的想著，沒想到深深含進男人的性器竟會如此愉悅，但這的確是和女性做愛所無法得到的強烈快感。

「你好棒……佑真，好舒服……」

人見環住佑真的後背，來回舔著他的唇。佑真大口大口喘著氣，在兩人結合的狀態下緊緊抱住人見。

「嗯……我也是。好舒服……」

在體內跳動著脈搏的熾熱令人喜愛，佑真的眼睛滲出了淚水。他的大腿在發抖，一直不斷「哈啊哈啊」的喘著氣。

「好想永遠維持這樣……佑真，我喜歡你……」

一面輕輕搖晃著兩人連結在一起的腰，人見一面品嘗著佑真的雙唇。人見的手伸進佑真的衛生衣，直接捏著他的乳頭。被拉扯著乳頭，佑真的後背不斷顫抖著。每當被玩弄自己的乳頭，含住人見的小穴就會縮緊，幾乎可以感覺得出人見的形狀。

「人見……啊……！呀……！等一下，要射了！」

明明只是被輕輕的搖著，快感的波浪卻不斷來襲，讓佑真的身子向後彎去。由於褲子卡在一塊，身體動彈不得，被人見由下往上頂的佑真沒多久就達到了頂端。

「咿啊……!! 哈啊……！啊！啊啊……！」

射精停不下來，佑真高聲尖叫並抖動著腰間。雖然他立刻用手擋住但還是弄髒了人見的衣服。

「等一下！等一下！不、不要動……不行！」

射精的時候仍舊被人見晃動著腰，叫聲可憐的佑真靠在人見的胸膛上。人見的呼吸變得粗重，他把舌頭伸進佑真的耳朵。

「抱歉，我的腰停不下來。」

用著興奮的語氣小聲說道，人見激烈的動著腰。咕啾咕啾的水聲從耳邊侵犯著佑真。不知道是不是因為騎乘位的姿勢，在身體被人見搖晃的期間，人見的性器越頂越深。明明覺得害怕，但佑真卻無可救藥的感到快感，只能不斷喘氣。

「啊！啊！啊唔！唔……！呀啊！又要射了，一直射不停……！」

被狠狠的頂著腰，佑真一邊流著生理性的眼淚一邊叫著。舒服的感覺一直沒有中斷，兩人結合的小穴、被玩弄的乳頭，都變成像要令人融化的快感。一直被佑真自己握著的性器，不斷流出了蜜液。

「佑真，我也快射了……你腰先起來！」

人見用著極力忍耐的聲音說著。現在才注意到他們做愛時沒有避孕，但這一點都不重要。

「射裡面！你射裡面！」

佑真聲音甜膩的叫著，然後封住了人見的雙唇。他無意識的吸住在自己體內的性器，接著便聽到人見聲音混濁的繃緊身體。

「佑真！唔……我要射了……！」

像是再也忍不下去似的，人見瞬間緊緊抱住佑真的腰。下一秒，佑真可以感受到，人見的性器在自己體內漲大，然後射精。

「哈啊……！哈啊……！啊！啊……！」

人見的身體放鬆下來，雙眼朦朧的激烈吻著佑真。人見的親吻甜甜的，跟他在一起會感受到一股從未體驗過的滿足感。一被人見撫摸著背，佑真就把鼻子靠在人見的脖子上，與他緊緊貼在一塊。

「佑真……沒有你，我就活不下去了。」

人見的手摸了摸佑真的頭，他的氣息打在佑真的耳朵跟臉頰。雖然心想應該要回些什麼，但喘著氣的佑真只能回抱他。

身體輕飄飄的甜蜜感一直持續著。

一面想著這種感覺到底是什麼，佑真一面聽著人見的心跳聲。

結果他們在車內大戰了兩回合後才急忙趕去七星莊。車內充滿了幾乎讓人頭暈的淫靡氣味，所以儘管下著雨，他們還是打開窗戶換換氣。雖然用了置物櫃裡的溼紙巾擦拭兩人身體的髒汙，但內褲已經髒掉了，褲子上一些莫名其妙的地方也溼了，真是叫人害羞至極。

過沒多久，人見把車停在旅館的停車場之後，尷尬又滿臉通紅的佑真便下了車。

「蓮！還有佑真！」

聽到車子的聲音，都從旅館的玄關飛奔出來。接著女將也飛快的跑過來。看到兩人的臉上布滿安心的表情，佑真反省，想著現在可不是車震的時候。她們在看到人見平安無事之前應該都很擔心吧！

「是我不對！如你所見，拜託原諒我吧！」

女將臉頰消瘦的跟人見道著歉。之前她說溫泉不再出水，也沒有人見的消息，應該會有種窮途末路的心情吧！

「蓮，那個妖怪已經到了喔！」

都附在人見耳邊說道。對放聲大哭的女將，人見拍了拍她的肩膀，然後對佑真使了一個眼神。

「你想先沖澡吧……？」

一邊走進旅館，人見一邊跟佑真說著悄悄話。佑真的確很想清洗一下髒兮兮的下身。但是，一想到等下會被那個大章魚怪做的事，就感覺現在洗澡會費兩次工，佑真就覺得懶了。畢竟他一定會再吐的，他可不想洗兩次澡。

「直接去吧！」

佑真做好覺悟的一說，人見便緊緊抿住嘴巴。

「我知道了。佑真，走吧！」

把女將跟都留在大廳，佑真被人見牽著手，走上了二樓。似乎沒看到岡山的身影。由於溫泉出不了水，客人接連的取消，所以岡山可能是在休假。

上到二樓，一前往宴會場，佑真就自然而然的發著抖。身體還記得那時候的恐懼，踏進宴會場的腳步有如千斤般重。

注意到這件事的人見放開佑真的手，他獨自一人打開宴會場的拉門，走進裡面。

「我是蓮，謝謝您遠道而來。」

可以聽見人見在跟妖怪說話。心想不能一直這樣下去，佑真鼓起勇氣，腳步僵硬的踏進拉門裡面。

「咿！」

大章魚在宴會場看似擁擠的擺動彎彎曲曲的腳。不過看幾次都很詭異，令人作嘔。可以臉色不變的跟大章魚打招呼，這樣的人見在佑真眼中就是個勇者。

『我特地為你跑來這裡，但溫泉不是沒水了嗎？』

大章魚怪看似乎不開心的扭動著腳。其中一隻腳悄悄接近，伸向了佑真的腰。

「我等下會給您招待的，還請您饒恕。那麼，不好意思，能請您把佑真的性別變回來嗎？」

出手制止想要纏上佑真的章魚腳，人見開門見山的說道。

『我知道了。畢竟我收了你等價的好處……你們一下要變，一下要恢復，真是麻煩的一群人。』

大章魚怪像在抱怨的說道。人見看似放心的吐了口氣，然後讓佑真站到前面。為了不讓他遭受危險，人見似乎打算在一旁看著。佑真也做好覺悟，站到大章魚前面。長長的腳來到佑真面前。

「唔！可怕……」

不禁偷偷說出了真心話，大章魚的眼睛瞪大了一下。

『嘴巴張開。』

受到指示，害怕的佑真閉上眼睛張開嘴巴。然後一個黏黏的東西伸進他的口中，讓他一陣噁心。佑真難受的乾嘔出來，人見便建議他「用鼻子呼吸！」。佑真拚了命用鼻子呼吸，但隨著章魚腳越進入喉嚨，佑真的意識就越模糊。

『感覺很好吃啊！真想吃看看這個人類。欸欸，我知道啦，小鬼頭，不要這樣瞪我……嗯？喔喔！這是……』

大章魚的語氣頓時起了變化，它突然抽出了腳。重獲自由的佑真「嘔——」的吐了出來，但只吐出了口水。人見有些不安的來回看著嘔吐的佑真及大章魚怪。

「請問您幫他變回來了嗎？」

人見皺著眉一問，大章魚怪的兩隻腳就交纏在一起。是在胸前叉著手的意思？

『雖然還很小，不過裡面有個孩子的胚胎在。我可以把他變回來嗎？一變小孩子就會不見了。』

被大章魚怪這麼一說，佑真跟人見都瞬間呆住。

它剛才說了什麼……？

「……」

人見皺起整張臉，低下了頭。

「孩、孩子胚胎……是指？」

擦了擦溼溼的嘴角，佑真小心翼翼的問著。雖然他不太想問，但感覺不問會後悔，因此他還是開了口。

「……」

人見表情複雜的注視著佑真。看到人見的臉，佑真勉強可以猜出來。

「就是所謂懷孕之類的……？」

佑真小聲說著，便見人見無言的點點頭。

「大概是，那個晚上的……因為我們沒戴套做了好幾次……不過佑真，胚胎應該也還沒成形，所以我希望你以自己想做的事為優先……」

人見強忍住自己的情緒。佑真腦中一片空白，身體完全動不了。

仔細想想，他現在變成Ω的身體，懷孕也是理所當然的。跟隨本能發生性行為，不可能什麼成果都沒有。

怎麼辦？

佑真只猶豫了一瞬間。變成Ω的每一天都很可怕，他不敢走在外面，希望能恢復成原來的性別。可是——連思考都不用，佑真就有答案了。

他無法扼殺寄宿在自己身體的生命。況且那個生命還擁有他心愛偶像的DNA，那他就更不可能放棄了！

佑真是在父母的愛下成長，他們教導他生命的可貴。肚中又不是他厭惡之人的孩子，而是來自他喜歡很久、與其分離會感到痛苦、在這種狀況下也能信任的人見——

「總之，我們結婚吧！」

當佑真回過神來時，他已經這這麼開口了。

「咦？」

呆住的人見露出一臉傻傻的表情。他就算露出傻樣也還是好帥，是佑真以後也想看到的臉。

「我不太喜歡奉子成婚。感覺會懷疑生下來的小孩是不是並非在期盼中到來的。我現在回答你的求婚。我願意。我會跟你結婚。」

佑真飛快的說完之後，人見的臉就頓時紅了，他像是有些頭暈的把手放在額頭上。

「等一下。咦？你的意思是你願意生下來？可以嗎？佑真，真的可以嗎？我是超高興沒錯，但我家是這種情形耶？」

「我又不是跟你家結婚，我是跟你結婚。雖然我沒想過像我這種路人角色，竟然可以跟你這種帥哥結婚，但既然我懷了繼承你DNA的孩子，我不可能選擇不讓這孩子誕生到世界上。接下來就是必須向萬物之神祈禱，希望這個孩子可以多繼承一點你的DNA。」

佑真握拳一說，人見便一臉快哭的模樣笑了出來。

「佑真……雖然你後面說的話我聽不太懂……但我會讓你幸福的。我絕對會讓你幸福！」

人見伸出手，佑真被他緊緊抱住。回想起剛才的火熱場景，佑真的眼神又開始迷離，但現在氣氛很好，所以他還是沉默的回抱他。

「根據以上原因，不用再麻煩你了。觸手PLAY我真的不喜歡……」

佑真對著在後面扭動著腳的大章魚一說，對方便傻眼的回道：『是喔？』

「還有，溫泉……應該會出來了吧？我想不出水的原因，應該是那個吧！」

佑真指了指出現在視線角落的妹妹頭小女孩，如此說道。回頭一看的人，嚇一跳的睜大雙眼。

「那是福神吧？她一直待在我家喔！是因為這樣溫泉才不出水的吧？」

佑真與跟他緊緊相擁的人見一說，人見便有趣的笑了出來。

「那是座敷童子啦！她待在你那裡嗎？真厲害呢，能得到她的喜歡。」

原來小女孩的真正身分是座敷童子啊！難道佑真家會有福運降臨。一開口說其實自己有在偷偷給她甜食，佑真就得到人見一個表情複雜的苦笑。

「你真的很受妖怪喜愛呢……真讓人擔心啊！」

以人類來說偏向妖怪的人見小聲說道。一點也不想要這種設定的佑真皺起臉，與人見依偎在一起。

本命是α

8　之後的兩人

七星莊四周種有許多櫻花樹，春天一來臨，就會全面覆上粉紅色。

溫暖的四月中旬，佑真為了採摘山菜而從後門出來。小發財車停在停車場，可以看到大和一邊打開裝滿蔬菜的紙箱，一邊在跟都聊天。跟佑真聊天時的模樣不同，都臉上帶著燦爛的笑容。大和也臉紅紅的注視著都。女將的大嗓門從旅館傳來，都於是一臉失望的回去了。青菜的採買似乎結束了，大和開始把箱子收起來。

「咦？小哥，你回來啦!?」

佑真跟都擦肩而過來到小發財車附近，大和就驚訝的睜大雙眼。

「上次真是給你添麻煩了……」

佑真在大和面前深深一鞠躬。那個時候如果沒有大和，他應該會帶著更悲慘的心情回去東京吧！

「我是回來了，只是都小姐說她想來做採買的工作。而且你也比較喜歡這樣吧？」

佑真眼神試探的一問，大和就重新拉了拉棒球帽，看似有些害羞的搔了搔鼻子。

「喔，嗯……那個，我想說下次約都小姐去看我喜歡的樂團表演……」

從旁人看來氣氛不錯的兩人，應該就只差踏出一步了。

「嗯……這絕對不行呢！」

佑真直截了當的一說，大和便因為受到打擊而當場石化。

「欸，不是指你會被拒絕，我是覺得去這種地方都小姐一定會昏倒的。不過，特地為了觸發照顧事件而去演唱會是不是反而比較好？不不不，這應該是在第二次或是第三次約會才該發生的事吧！我覺得第一次就打安全牌，去看看海或是高原比較好。」

佑真滔滔不絕的說著，大和一臉難以理解的歪著頭。

「還有，大和先生你幾歲啊？」

「我二十七歲！」

「你竟然比我大！不，是您才對。」

之前一直以為大和比自己小，所以佑真改口說道。大和看起來明明就像二十歲前段班。

「都小姐是三十二歲。如果不在意年紀，你約她一定會成功的。」

「真的嗎？我就喜歡姊姊型。是說，那麼漂亮的人會理我這人嗎？」

大和好像沒什麼自信，但看看都的態度，應該是沒有問題的。她眼睛的大小與聲音的語調，都比起跟佑真說話時還遠遠來得大及高。

「那個——……我可以問一下，年底的時候是發生什麼事了嗎？」

收拾完東西的大和，低聲問向佑真。大和之前說過這對姊弟是被妖怪附身的。這一點或許是最大的難關。大和有辦法跨越嗎？

「你如果變成我們家人，我就告訴你。」

在這裡嚇大和也不太好，佑真因此這麼說著。大和像是繃緊神經的緊緊閉上嘴唇。

「我可是非常歡迎喔！」

如果大和也能成為一家人，佑真是非常感激的，他緊緊握了一下大和戴著手套的手。原本用「啥？」表情一臉複雜的大和像是驚醒般的甩開佑真的手。

「啊，那，之後也請多多關照了！」

大和拉低帽子，模樣慌張的坐上小發財車。察覺到異樣的佑真一回頭，便看到人見不知何時站在自己身後。由於他一臉不悅的瞪著小發財車，佑真看懂他是在威嚇大和。

「你為什麼要握他手？沒有必要握吧？」

被人見質問，佑真像是安撫的拍拍他的背。跟人見變成親密關係之後，佑真才知道，原來人見是個很愛吃醋的人。他只要跟別的男人有點接觸，人見就會威嚇對方。如果是女性的話，他就會故意插進來，讓女性把視線轉到他身上。佑真以前還以為人見是個溫柔又沉穩的男人，現在他瞭解到人見就是個心眼小、獨占欲超強的人。

「我只是跟他打個招呼。他可是個有可能變成我們姊夫的男人耶！你要跟人家好好相處。」

「啊？他竟然跟我姊？那種看起來就像前不良少年的人？」

人見似乎完全沒有察覺兩人的事，讓佑真感到傻眼。

「不過，那還是沒有握手的必要。我不喜歡，所以下次別這樣喔！」

握住佑真的左手，人見如此說著。

「為什麼我們結婚之後你反而變得比較愛管我？你是我的番，所以你也知道我眼中不會有其他人吧？」

手被人見握著，佑真眺望著無名指上閃著光芒的戒指，感到一陣納悶。

一度跑回東京，想要忘記一切的佑真，被妖怪指出自己懷孕了之後，便決

本命是
推しはα
NOVEL
夜光花
ILLUST
みずかねりょう
Oshi ha Alpha.
Hana Yakou
presents
Illustration by
Ryou Mizukane
譯者：艾芮卡
首刷限定特典
《本命是α》番外
人見的煩惱

人見蓮注視著筋疲力盡地躺在床鋪上的此生最愛。

這位最愛是蓮的結婚對象，原本的姓名叫做鈴木佑真。他跟蓮同樣是二十七歲的青年，雖然本人曾誇下海口，說自己就是個典型的平凡人，但他其實是個非常奇怪的人。蓮與佑真唸同一間小學，出社會後才重逢。

人見是在一個特殊的環境長大的。他出身於經營妖怪專門旅館的家庭，全家都投入於招待妖怪的工作。大學畢業後人見雖然在一流飯店工作，但因為家裡工作繁重而被催促早點搬回老家。他在回家途中與佑真命運般的再會，因此拜託女將再給他一年時間，然後便跳槽到佑真工作的旅行社。

這世界上所有的人在人見眼中看起來都是黑沉沉的。以前他還在母親肚中時，被天邪鬼施了個奇怪的法術，就此擁有了在自己眼中看來，說謊者會是黑色的雙眼。這份魔力困擾他很長一段時間。世界上的人，在人生中或多或少都會說謊。從小的謊言到大的謊言，不論是惡意的或是善意的，人們都邊排放出這些謊言邊生存著。

因此大部分的人在人見眼中都是又黑又暗，不管他是跟妖怪在一起，還是跟人在一起，都過著無法安穩的每一天。他也曾經煩惱，沒有撒過謊的人，大概只有嬰兒了，自己真的會喜歡上某個人嗎？

可是，人見找到了佑真。閃耀地發著光芒，沒有半點陰暗面的青年。若把這說是一見鍾情是有點奇怪，但人見是以類似的狀態愛上佑真的，並且意志堅定到決心要跟佑真結婚。

當人見真的可以跟佑真結婚的時候，他感到幸福絕頂。佑真的性別因為人見母親的策略變成了Ω，兩人的愛情證明也出生在這個世界上。小孩是個跟人見相似的男孩，佑真邊哭邊開心的說「帥哥的血緣贏了」！

孩子出生了，人見原本以為他對佑真的愛會逐漸穩定，但沒想到竟然變得更深。他自己也覺得很不可思議，只要跟佑真在一起，該說他是會立刻慾火焚身，還是說他總是會想撫摸佑真？只要佑真看向自己以外的人，他就會生氣；只要睡在同一個被窩，他就絕對會把佑真撲倒，這是人見最主要的煩惱來源。

（我的性慾有這麼強嗎？）

俯視著睡在被窩裡、模樣狼狽的佑真，人見搔著額頭。

因為人見是α，所以他並不缺戀愛對象。只要他想，立刻就能交到女朋友，他從來沒有煩惱過感情的事。因為從眼中看出去對象會是黑色的，所以他很慎重的選擇交往對象，但他還是不曾沉溺在愛情之中。反而總是過一陣子就會厭倦起對方撒的謊，然後提出分手。

這樣的自己只要跟佑真在一起，就會判若兩人地嫉妒心深厚，變得像是個性慾機器。佑真全身上下嚐起來都很甜，敏感的身體讓人見興奮，令他一整晚都想跟佑真不斷結合，將精液注入至他體內，而實際上，今天晚上他們也做到佑真都昏過去了。

（明明現在連發情期都不是……我這個樣子，要是佑真發情期來了會變怎樣啊？）

看著全裸躺在床鋪上的佑真，人見感到了不安。連他自己都不知道為什麼他會如此執著於佑真。說起來，雖然人見是α，但他就算聞到Ω的費洛蒙也不會失去理性。然而，面對成為Ω的佑真，人見卻會因聞到他的費洛蒙就理性全失，回過神來時已侵犯了他。據說這世上存在著命中註定的對象，所以他跟佑真是命中註定的對象嗎？

一邊用溼毛巾擦著佑真的身體，人見「呼……」的嘆了口氣。明明他才剛決定不要做到佑真昏過去，但結果今晚還是讓佑真失去意識了。不論釋放幾次情慾還是會不斷湧上，令人見無法停止交媾。他很擔心這樣下去會不會被佑真討厭。

「嗯……唔……」

在擦拭佑真身體的途中，佑真微微睜開了眼睛，表情呆滯地往上看著人見。看著他自然張開的雙脣，人見又想激烈地吻住他，然後把自己勃起的性器塞入他口中。

（白痴，自制一點！會被佑真討厭的！）

在心中斥責著自己，人見將黏在佑真額頭上的頭髮往上梳。他用冰毛巾擦著佑真布滿汗水的額頭。

「佑真，抱歉。還好嗎？我做得太過頭了。」

看著一臉懶洋洋發著呆的佑真，人見小聲的問道。

「你……」

喘著氣呼吸的佑真握住人見的手。

「我跟大和聊得很愉快的那個晚上，你做愛就會變得很激烈呢……」

聽到佑真小聲的嘀咕，人見嚇了一跳愣住。被佑真這麼一說，還真的是這樣。賣蔬菜給旅館的青年名為大和，人見看到他跟佑真熱烈聊天之後，就會因為嫉妒而讓晚上的性愛變得激烈。為什麼自己心胸這麼狹隘呢？人見受不了自己。明明他也不是懷疑佑真外遇，但只要佑真跟別的男人在一起，他內心就會無比煩躁。

「對不起，我這麼愛吃醋……」

人見垂下頭說。佑真撐起沉重的身體，靠在人見胸前。

「我知道，你是拒絕同擔的人啊……」

「什麼意思啊……同擔？」

聽著佑真意義不明的詞句，人見驚訝的睜大雙眼。

人見納悶的問，佑真便笑得很開心地吻上了人見。明明只是個脣碰脣的吻，人見又感到腰間燃起了熱度。

「意思是說，我喜歡被你抱，所以沒關係。」

佑真溫柔的話語令人見一陣暈眩，當他回過神時，已經把佑真推倒在床鋪上了。

看來今晚，他又要束縛佑真到早上了。

本命是α

定跟人見結婚。回想起那陣子，佑真露出了苦笑。他們全家都嚇了一跳，佑真爸還因為太過震驚而臥床不起。因為他原本以為佑真會繼承香火，但結果竟然嫁去別人家。媽媽和妹妹則是因為多了一個帥哥大嫂而開心。佑真會喜歡帥哥搞不好是遺傳自他媽。

在跑各式各樣的手續時，佑真的身體開始不舒服，前幾天都還待在神奈川的老家裡。人見時常來看他，擔心他的身體。由於現在已進入穩定期，佑真便回到七星莊來了。畢竟因為那個座敷童子很喜歡佑真，總是要待在佑真身旁。座敷童子不在這裡的話，溫泉就不會出水了。因此如果佑真不回來，旅館就無法營業，女將完全失去了自信。她以前應該很自負自己把這間旅館打理得很好吧！她似乎注意到自己搞錯了。

佑真跟座敷童子回來，溫泉開始出水之後，妖怪們也接連幾天跑來住房。佑真名副其實成為了人見家的人，已經變成妖怪無法襲擊的身分。儘管如此，由於還是有很多嚇人的妖怪，因此服務客人的事還是交給人見他們。他與岡山一起在廚房工作，做甜點變成他每天的功課。

「吶，人見……不對，蓮！」

一不小心就照平常的習慣叫著人見的名字，佑真連忙重新叫過。因為自己的姓也變成了人見，佑真不得不改變叫人見的方式。

「怎麼了?」

人見帶著一臉寵溺的笑容回頭看向佑真。這真是張不管看幾次都不會膩的帥臉。形狀姣好、細長的眼睛一盯著自己,自己就會神魂顛倒。佑真不得不祈禱,希望肚子裡的孩子可以像人見那樣,長得一張美麗的臉。

「客人已經回去了,等下吃完晚餐要不要一起去泡澡啊?」

在旅館的玄關前面抱著人見講悄悄話,佑真可以透過肌膚感受到人見的體溫上升了。到明天為止都沒有客人入住。這可是跟人見卿卿我我的大好機會。去男湯的話,不論是女將還是都,都不會進來。只要沒有客人,想要做什麼都很自由。

「好啊……要去大浴場嗎?在房間做不就好了嗎?」

察覺到佑真的邀約,人見似乎很不可思議的問道。

「跟你說,我每次去洗弄髒的床單,就會被都小姐取笑『打得很火熱喔!』。遭受到這種丟臉的事,你也要為我想想。所以我才想快點撮合大和先生跟都小姐啊!」

眼神銳利的瞪著人見,佑真小聲說道。人見縮了縮脖子,一面捂著臉一面點頭表示瞭解。

他跟人見相處得很融洽。可以說是太融洽了。晚上的功課火熱到讓都也覺得傻眼。他們只要睡在同個房間，馬上就會起那種心思，光是跟人見黏在一起，佑真就會心神蕩樣。以前佑真從沒想過自己的性慾有這麼強，這真是個驚人的事實。不知道是不是因為變成Ω的關係，還是因為兩人變成番的關係。

一開始讓佑真不敢外出的Ω性別——現在他已經完全習慣了。因為這裡是深山裡，幾乎不會有什麼人來。下山的時候也大都是跟人見一起，所以會消去他的不安。現在想想，那時佑真會異常的不敢外出，有可能是因為跟他的番、人見分開的緣故。Ω跟α不是應該要時常依偎在一起的存在嗎？

「等會見！」

暫時跟人見道別，佑真興致高昂的回去廚房。趕快把剩餘的工作解決，跟人見好好的相親相愛吧！如此感到雀躍的佑真，腳步變得輕快起來。

太陽完全下山之後，佑真帶著換洗衣服前往大浴場。由於人見還沒來，佑真先在脫衣處把衣服脫掉。他拿出為了在浴場盡情享樂而準備的東西，然後將它攤開。那是個長方形的充氣床墊。這是以前在海水浴場玩的東西，他從老家帶來的。當佑真努力讓它鼓起來的時候，人見就出現了。

「你、你在做什麼？」

看著在脫衣處與充氣床墊奮鬥的佑真，人見的臉抽動了起來。

「我想說可以用這個。」

幫充氣床墊打進空氣的佑真露出一個開朗的笑容。

「這位客人，大浴場禁止攜帶這種東西……」

超傻眼的人見用著毫無情緒的語氣告知。

「說這什麼話！你看，這地板滑滑的很容易滑倒吧？懷孕的我要是有個閃失就糟糕了。在這上面做就很安全。」

極力抗議之後，佑真跟充氣床墊一起進到大浴場。男湯是橫長型的格局，沖澡跟清洗的地方約有十處。地底流出的溫泉水在L型澡池裡不斷流動，再裡面是通往露天溫泉的門。澡堂充滿了熱氣，佑真將空氣床墊放在了正中央。那是可以讓兩個大人躺的大小。

「不覺得這很像泡泡浴嗎？雖然我是沒去過。」

人見似乎對於要在澡堂放充氣床墊有些抗拒。由於佑真也沒去過泡泡浴，所以他納悶的想著會像嗎？

「比起這個，先洗身體吧！」

佑真一拿出擦澡巾這麼說，人見就制止了他。

「我幫你洗。」

擦澡巾被丟到一旁，人見讓佑真在充氣床墊躺下。佑真上一秒還想人見要做什麼，結果下一秒他就把沐浴乳的瓶子放在旁邊，跨上了佑真的腰。

「你要用手洗喔……」

人見把沐浴乳擠在手上，被他撫摸著背，佑真稍微思考了一下。佑真是喜歡用毛巾用力搓澡的人。被人用手洗，總覺得不太過癮。

「佑真，你的肌膚很光滑，所以用手洗比較好啦！」

人見一面這麼說，一面將溼滑的手從佑真的肩膀滑向手臂、腋下以及側腰。人見的手就這樣一路從腰間移下，開始洗起佑真的臀部中間。

「嗯……」

人見的手指撫摸著敏感的小穴。不斷重複要進不進的，讓人焦急難耐。人見沒把手指伸進去，而是繼續用他寬厚的手掌從鼠蹊部往下摸去。

「好像按摩喔……」

被人見的手像是揉捏似的四處撫摸，佑真沉醉的輕聲說道。連腳底跟指尖都被細心的清洗，佑真的身體漸漸蠢蠢欲動。

「你轉這邊。」

被擺成仰躺姿勢的佑真，在跟人見四目相接的狀態下，被他來回撫摸著上半身。

「……哈啊……！啊……！嗯……！」

胸口被畫著圓的撫摸，乳頭尖尖站了起來。被人見的手指用力彈弄著，佑真身體深處慢慢泛出一股麻痛感。

「佑真，你很喜歡被弄乳頭呢……這裡馬上就變硬了。」

用指尖捏著佑真的乳頭，人見瞇起了眼睛。由於塗了沐浴乳滑溜溜的，就算被人見用力捏著也只有舒服的感覺。

「嗯……喜、喜歡……！」

兩邊的乳頭被指尖彈著，佑真一面甜膩的呻吟一面說道。像是為了回應他似的，人見對著他的乳頭一下按壓一下拉扯。人見一直撫弄著佑真的上半身，都不摸向他性器。就算移動下來也只到腹部附近而已。

「嗯、嗯……！哈啊……！」

明明還只被愛撫到乳頭而已，佑真的性器卻用力挺了起來，在人見面前一覽無遺。注意到的人見總算握住他的性器，直接的快感讓佑真的腰部抖動了一下。

「你現在完全可以只因為這裡就溼了耶……哈啊……有夠色……」

人見像是揶揄般用指尖玩著佑真性器的前端。佑真的身體不斷上下起伏著，吐出熾熱的氣息。

「我還只是在幫你洗身體喔！」

人見壞心的輕聲說道，然後在佑真的腹部、大腿還有膝蓋以下搓著泡泡。勃起的性器被溫柔的清洗，當佑真全身上下都被泡泡覆蓋時，不禁「哈啊哈啊！」的漏出了喘息聲。

「我、我也要……洗！」

厭煩變熱的身體，佑真坐了起來。這次換他讓人見躺下，並把沐浴乳滴在他的腹部附近。把起泡的沐浴乳塗滿人見的全身後，人見就伸手將佑真的腰拉近。

「吶，用你的身體幫我洗……」

被人見撒嬌般的誘惑，佑真依樣畫葫蘆的用自己滑溜溜的身子摩擦人見的身體。

「啊……！哈……這好刺激……」

交疊的身體因為泡泡及沐浴乳而滑溜。互相摩擦著胸部時，佑真凸起的乳頭碰到人見的肌膚，一股酥麻的電流在身體竄過。佑真開始不斷高聲呻吟著，腦袋變得一團亂。佑真的淫蕩模樣讓人見也想進入主題，他將兩人的性器互相碰撞著。

「嗯，我也很舒服……」

人見捉著佑真的脖子，用脣撫慰著他。澡堂的熱氣，撲在兩人滾燙的身體上，讓人漸漸融化。不斷被人見吻著唇，佑真軟軟的趴在他身上。接吻好舒服。一跟人見接吻，佑真就感覺自己被填滿，身體深處冒出一股痛痛麻麻的感覺。

「這裡……也好淫了喔……我都還沒弄呢！」

人見的手伸進佑真的小穴，來回刮弄著內壁。淫蕩的水聲從那裡傳出，讓佑真感到害臊。變成Ω之後，他討厭的事情就是一有感覺臀部就會溼掉。不論做什麼都無法掩飾，讓人無地自容。佑真的身體馬上就準備好接納人見了。

「想要……你進來了……」

佑真咬著人見耳朵說完之後，就被他邊笑邊動著體內的手指。身體已經很敏感了，佑真不希望人見繼續弄下去。

「先把身體洗乾淨吧！」

人見坐起身，把蓮蓬頭拉過來沖掉彼此身上的泡泡。調整好氣息，佑真再度在充氣床墊上趴下。

「吶，我想試試背後位。」

佑真提出自己在手機查東西時發現的體位，人見便疑惑的問著「那怎麼做？」。佑真一解釋完是在趴著的狀態下結合，人見就「喔——」的跨上佑真。

「我進去囉……」

掰開佑真溼潤的小穴，人見將勃起的性器前端插了進去。人見的熾熱霸道擠進佑真體內，令他屏住了呼吸。

「哈！咿……！啊……！哈啊……！」

接納人見雄偉的性器，有一種無法描述的愉悅感，以及難受的感覺。不過最近只有一開始會難受，只要一被人見的龜頭頂到深處，佑真就有種幾乎要高潮的快感。

「裡面一直在吸我耶……有這麼舒服嗎？」

將性器埋得很深的人見，將身體趴在佑真身上輕聲說道。被人見壯碩的身體疊著，佑真感受到令腰間微微顫抖的快感。他無意識緊緊吸著體內深處的人見性器，大腿也微微抖著。

「好棒！好舒服——……！哈……！咿……！」

人見把手繞到前面，來回玩弄著佑真的乳頭。為了讓佑真習慣，人見沒有立刻擺動身體，他吸著佑真的後頸，愛撫著他的乳頭。

「哈啊！啊啊！已經要……嗯！唔……！……！」

明明人見沒有動，但佑真的腰卻微微顫抖著，一股甜蜜的酥麻感向全身擴散。

「等一下，我快射了……」

每次被玩弄乳頭，身體就會一跳一跳的，佑真邊喘著氣邊抗議。人見的舌頭探索著佑真的耳洞，朝他吹著滾燙的氣息。有時佑真的腿還會伸直，身體幾乎要任由巨大的快感擺布。

「我都還沒動耶……你就要高潮了……？」

被輕咬著耳垂，佑真不斷急促的喘著氣，「哈啊哈啊」的紊亂鼻息，兩人連在一起的腰部也微微抽動著。

「啊！啊！啊……！唔唔——……！」

被人見輕輕晃著腰，這讓佑真開始全身抖動著。忍不住的他射出精液，緊緊吸著體內深處的人見分身。

「好棒……你射的時候，裡面好舒服……」

佑真的呼吸變得急促，人見的鼻息也跟著粗重起來。當性器停止射出白濁的液體後，佑真無力的放鬆了身體。那是一種融化般的歡愉感。人見像在安撫佑真的呼吸，四處撫摸著他的身體。一被摸到敏感地帶，身體就會自然而然的跳動，舒服的感覺一直持續不退。

「我也要動了喔……」

當佑真的呼吸平復下來的時候，人見撐起上半身如此說著。他把佑真的雙腳擺成M字，狠狠將性器往深處頂去。

「咿！啊……！這樣，太深……！」

人見的性器進到無比的深，佑真用著不穩的聲線呻吟著。

「嗯！好舒服喔……有碰到最裡面吧？」

人見維持上半身坐起的姿態，開始貫穿著佑真的腰。原本已經平息的呼吸再次變得急促，每當人見頂著腰，佑真口中會洩出嬌喘聲。人見把性器深深埋在裡面，然後來回刮弄著小穴深處。

「啊……！啊……！不要……！那裡不行……！」

被一陣巨大到令人害怕的快樂侵襲，佑真用著在浴澡內迴響的聲音呻吟著。不知道是不是被因此煽動，人見開始重點性的進攻佑真說不行的地方。

「不是不行吧？裡面一直在用力的吸著我耶……！哈啊，我也好舒服喔！腰一直停不下來。」

人見腰部的動作漸漸變得很深，「咕啾咕啾」的巨大水聲從兩人結合的部分傳來。身子內部被狠狠的貫穿，佑真不斷抽動著身體。快樂變得濃烈，腦中一片空白。身體的中心，被一根又熱又舒服，會讓人失去理智的棒子，不斷的衝撞著。

「呀——……！啊——……！啊——……!!」

不發出聲音就無法抵擋的快感再三向佑真襲來，他像是求救般的扭動著身子。他似乎不知何時又達到了高潮，身下溼得一塌糊塗。

「不行！拔出來！等一下！先拔出來……！咿啊啊啊……!!」

過多的快感令佑真難以忍受，他像是逃離的往前一爬，就被人見抓住雙手，制止在原地。人見更加激烈的頂撞著佑真內部。在動彈不得的狀態下，佑真被用力的來回撞著體內，他只能不斷發出淫蕩的叫聲。

「要射了喔……我會把你射得滿滿的……！」

嘴脣靠近佑真耳邊，人見將性器往很深很深的地方擠去。當佑真被他入侵到最裡面的時候，一股滾燙的液體射進自己體內。這時佑真已經喘到不行，腰間不斷痙攣著。一面感受著人見邊噴射邊跳動的性器，佑真一面在失神忘我的狀態下不斷呼吸著。

「咿……！哈……！哈咿……！」

說不出話來，佑真的全身上下似乎都變成敏感帶，不論被摸哪裡都有感覺。人見一面像是野獸般喘著氣，一面將性器從佑真的小穴拔出。黏稠的液體，連結著人見的性器以及佑真的密穴。

「哈啊……！哈啊……！佑真，還好嗎？」

趴在那裡動也不動的佑真，被人見轉了過來。

「你一直在高潮嗎……？這裡黏答答的呢！」

用指尖沾起布滿佑真下身的液體，人見看起來很開心的說道。這樣的動作，也還會讓佑真的身體抽動。

「……我剛才還以為自己會昏過去。」

哈啊哈啊的喘著氣，佑真眼神迷茫的呻吟道。人見雙眼溼潤的覆在佑真身上，吸著他的唇。

「這樣做雖然不錯，但感覺會暈倒。」

一面抱著佑真接吻，人見一面笑了。充氣床墊雖然是個好點子，但再這樣繼續做下去，可能會變成脫水狀態。下次要準備水才行。

「我想要看著你的臉做……」

環住人見的脖子，佑真沉醉的輕聲說著。後背位非常刺激，唯一的問題就是無法看到人見俊美的臉龐。他果然就是喜歡這張臉。想要看人見高潮時的性感表情。

「你對我的臉都看不膩嗎？」

撫摸著佑真的臉，人見突然有些擔心的小聲問著。佑真早已做好覺悟要跟人見共處一生。之後生下來的孩子如果也是美形那就更好了。

佑真以為自己的人生會一直保持在「普通」這個層級，但竟然會在這麼不可思議的地方，碰到如此萬丈波瀾的命運。或許他真的一點也不「普通」。隨著自己的想法改變，生活環境也有了巨大的變化。

「應該沒問題。我想我一輩子都看不膩。」

看得入迷的佑真如此說道，人見便一臉複雜的吻住了他。

後記

初次見面&大家好，我是夜光花。

因為如此這般，這是我第一次寫ABO的題材。雖然寫過許多類似的設定，但ABO還是第一次，所以我查了很多設定，可是有太多各式各樣的細節，讓人摸不著頭緒，所以我只用了基本的設定。由於這是我第一次在日本笠倉的CROSS書系出書，所以想要寫寫喜劇小說，就決定嘗試寫成開朗的故事。

我發現自己總是想把攻寫得很帥氣，對於受的愛情可能不太夠，那乾脆把受寫成路人角色好了？於是受就因此變成路人角色了。覺得自己很平凡的受，只是沒注意到周遭的人都叫他怪人。他的想法可能太過一廂情願吧！

攻在心中壓抑了許多事，感覺還有不為人知的一面。由於他是個會暗自苦惱的人，所以只有跟表裡如一的受在一起，才能夠放鬆。

配角的大和跟都感覺會在一起，但也感覺大和會被家人跟親戚們強烈反對。

這是個受超喜歡偶像（攻）的故事。我寫得很開心。

負責插畫的MIZUKANE RYOU老師，謝謝您在百忙之中的幫忙。雖然我還沒看到您的作品，但我非常期待完成的結果。MIZUKANE 老師所畫的人見一定會超帥的！我在心中如此充滿了期待。

編輯大人，初次跟您合作，感謝您十分細心的幫忙。今後也請多多指教。

選讀這本書的各位，如果有任何感想的話，希望可以與我分享。還請多多指教了。

下次再見。

希望還能在別的故事與大家碰面。

夜光花

國家圖書館出版品預行編目資料

本命是α / 夜光花作；艾芮卡譯. -- 1版. -- 臺北市：城邦文化事業股份有限公司尖端出版：英屬蓋曼群島商家庭傳媒股份有限公司城邦分公司尖端出版發行, 2021.10
面； 公分
譯自：推しはα
ISBN 978-626-316-094-1（平裝）

861.57 110013801

藍月小說系列

本命是α

（原名：推しはα）

作者／夜光花　繪圖／みずかねりょう　譯者／艾芮卡
榮譽發行人／黃鎮隆

出　版／城邦文化事業股份有限公司 尖端出版
台北市中山區民生東路2段141號10樓
電話：(02) 2500-7600
傳真：(02) 2500-2683
E-mail：7novels@mail2.spp.com.tw
發　行／英屬蓋曼群島商家庭傳媒股份有限公司城邦分公司 尖端出版
台北市中山區民生東路2段141號10樓
電話：(02) 2500-7600（代表號）
傳真：(02) 2500-1979
中彰投以北經銷／楨彥有限公司（含宜花東）
電話：(02) 8919-3369
傳真：(02) 8914-5524
雲嘉經銷／智豐圖書有限公司 嘉義公司
電話：(05) 233-3852
傳真：(05) 233-3863
客服專線：0800-028-028
南部經銷／智豐圖書有限公司 高雄公司
電話：(07) 373-0079
傳真：(07) 373-0087
一代匯集／香港九龍旺角塘尾道64號龍駒企業大廈10樓B&D室
電話：(852) 2783-8102
傳真：(852) 2582-1529
E-mail：hkcite@biznetvigator.com
新馬經銷／城邦(馬新)出版集團Cite（M）Sdn. Bhd.
E-mail：cite@cite.com.my
法律顧問／王子文律師　元禾法律事務所
台北市羅斯福路3段317號15樓

2021年10月1版1刷